Lo raro es vivir

Carmen Martín Gaite

Lo raro es vivir

EDITORIAL ANAGRAMA
BARCELONA

Portada:
Julio Vivas
Ilustración: «Muchacha asomándose a una habitación roja»,
óleo de Luis Serrano, 1995

Primera edición: mayo 1996
Segunda edición: junio 1996
Tercera edición: julio 1996
Cuarta edición: julio 1996
Quinta edición: septiembre 1996
Sexta edición: septiembre 1996
Séptima edición: octubre 1996
Octava edición: noviembre 1996
Novena edición: febrero 1997
Décima edición: octubre 1997

ISBN: 84-339-1035-3
Depósito Legal: B. 39343-1997

Printed in Spain

Liberduplex, S.L., Constitució, 19, 08014 Barcelona

Para Lucila Valente,
siempre sacando la cabeza
entre ruinas y equivocaciones
con su sonrisa de luz

No es posible descender dos veces al mismo río, tocar dos veces una sustancia mortal en el mismo estado, ya que a causa del ímpetu y la velocidad de los cambios, se dispersa, vuelve a reunirse, y aflora y desaparece.

HERÁCLITO DE ÉFESO

I. EL PLANETA DE CRISTAL

Hay veces en que lo normal pasa a extraordinario así por las buenas y lo notamos sin saber cómo. De entre la sucesión no contabilizada de gestos, movimientos y vislumbres que van engrosando la masa amorfa de lo cotidiano, se separa de los demás uno de ellos, aparentemente insignificante, y salta como la nota discorde de un pentagrama, se queda resonando por el aire con zumbido de moscardón, qué pasa, ha habido una avería o esto significa el comienzo de algo nuevo, nos miramos las manos, las rodillas, qué es lo que se ha transformado, hacia dónde enfocar la atención, no sé. Y sobreviene el miedo o la parálisis.

Este tipo de sobresalto fue el que me atacó por la espalda el treinta de junio de hace dos años, cuando acababa de aparcar el coche en un hueco providencial que descubrí bajo aquel techo deslucido de cañizo. Las siete de la tarde más o menos. La maniobra había sido impecable a pesar de que soy torpe para esas cosas y siempre me parece un milagro no chocar contra algo o que no aparezca un guardia, el viaje lo había hecho escuchando una cinta de Sade, anestesian bastante los lamentos desgarrados en inglés, liberan la mirada, nubes movedizas, brisa tibia, poco tráfico; y de repente estaba tensa y asustada, no era capaz de sacar la llave de contacto, me estoy mintiendo, todo marcha mal, atenta a lo que pase a partir de ahora.

Avancé pisando con cuidado la gravilla hacia la fachada que no conocía, y me tranquilizaba comprobar que no me estaba siguiendo nadie. Era un jardín más bien escuálido, con arriates de boj, bancos de madera un poco despintados y una fuente con rana mirando al cielo y lanzando su chorrito por la boca. Se había levantado bastante aire. A lo lejos se veían los perfiles azules de la sierra, y por la parte del Valle de los Caídos se espesaban unos nubarrones plomizos surcados por alfilerazos de luz.

Subí unos escalones y me paré antes de entrar. Algunas ventanas estaban abiertas, pero no se oía nada ni se veían bultos moverse en el interior. Sobre la puerta descubrí el letrero cuya lectura me convencía de no haberme equivocado, mayúsculas en azulejo verde y azul, y debajo, también en azulejos, resguardada por un tejadillo, una Virgen del Perpetuo Socorro de regular tamaño con su actitud hierática de icono y los ojos en punto muerto mientras sostiene sin ganas al niño de cabeza ladeada que parece un espárrago, mal nutridos los dos, ella con casquete; casi todas las vírgenes del mundo agarran los dedos de su niño como por cumplir y se les trasluce una sonrisa aprensiva, a saber lo que me espera después de que me pinten este retrato y descuelguen los ángeles de adorno, tendré que aguantar al mismo tiempo la maternidad y la leyenda.

Me estremecí al entrar. A la izquierda, detrás de un mostrador encristalado, había una mujer de media edad con el pelo tirante recogido en un moño y bata blanca. También era muy blanca la luz que entraba por las ventanas a través de visillos de gasa y el suelo y las paredes y las sillas y un olor también blanco y tenue como a alco-

12

hol de romero. La mujer estaba hablando por teléfono y al verme allí parada me hizo un gesto con la barbilla indicando que me apartara a esperar. Retrocedí unos pasos y me quedé mirando varias siluetas que se movían tras una puerta de cristales esmerilados que había al fondo, un poco entreabierta. Debía de ser un jardín lo que había al otro lado, porque aparecían dibujos oscilantes de hojas y ramas coronando la cabeza de aquellas figuras que se unían y se separaban caprichosamente, como movidas por el viento, a un ritmo desigual. Me llegaban también sus voces apagadas, y cuando cruzaban ante la ranura que dejaba la puerta las enfocaba mejor, aunque fugazmente, y pude apreciar que sus ropas eran oscuras. Una de ellas se paró y se asomó a mirarme con ojos risueños y saltones, me saludó con la mano y se retiró a pequeños brincos. Llevaba sotana de cura, pero era una mujer.

Al cabo de un rato la otra, la de la bata blanca, que ya había terminado su conversación telefónica, tocó un timbre apoyado en peana metálica, como los de las bicicletas, y comprendí que me estaba llamando. Me acerqué.

–Vengo a la habitación 309 –dije–. A visitar a don Basilio Luengo.

Parpadeó nerviosa.

–Tendrá que hablar antes con el director. Me ha dicho que le avisara cuando llegara usted. La ha estado esperando esta mañana.

–Me fue imposible venir.

Se levantó sin dejar de mirarme, salió de su garita encristalada y me precedió por un pasillo de baldosines rojos y blancos hasta una puerta vidriera con herrajes artísticos. La abrió, dio la luz pulsando un interruptor que había a la derecha y se apartó para dejarme pasar.

–Espere aquí en la sala. Ahora vendrá él. Si se aburre, tiene allí el Espasa.

13

Además del Espasa, cuidadosamente ordenado en una enorme librería de caoba que ocupaba media pared, el mobiliario de la habitación consistía en dos sillerías antiguas, un reloj de péndulo y una profusión de mesitas de juego desperdigadas por doquier y tapizadas de fieltro verde. A la derecha, cubierta a medias por una cortina de damasco envejecido, había una tarima a la que se subía por tres peldaños de madera. Oí ruidos detrás de la cortina y me moví en aquella dirección. Un hombre con mono azul estaba en cuclillas poniendo un enchufe. Había trozos de cable y alicates por el suelo. Me quedé mirando cómo trabajaba. Al poco rato recogió sus bártulos, levantó un gran botijo blanco apoyado contra el rodapié y bebió largamente. Luego apagó la luz de allí dentro, bajó los escalones y atravesó la sala. Llevaba una gorra de tela con la visera para atrás.

—Si no mandan ustedes otra cosa —dijo, deteniéndose unos instantes al cruzarse conmigo.

—No. Yo nada —contesté, tras una imperceptible vacilación.

—Pues buenas tardes. El cable estaba completamente quemado. Podían haber tenido un cortocircuito.

Luego señaló al retrato de un anciano caballero con barba y condecoraciones en el pecho que presidía la sala, y al aplique de latón dorado que lo remataba a modo de cornisa.

—La luz del señor ese —dijo— la arreglaré otro día, porque hoy se me hace tarde.

Se dirigió, sin añadir nada más, a la puerta por donde yo había entrado y desapareció.

La espera se me hizo larga, sobre todo porque me oprimía que todas las contraventanas estuvieran cerradas herméticamente, sabiendo que fuera aún era de día. Olía un poco a humedad, aunque no vi goteras. La luz raquítica que se repartía por la estancia surgía de unos apliques de alabastro enfocados hacia el techo. Yo seguía de pie, traspasada por una mezcla de ansiedad y alarma. Encendí un pitillo, pero lo apagué enseguida porque me daba náusea. En la librería del Espasa faltaba el tomo de «España». Lo estaba comprobando y dando alas a la sospecha de que pudiera encontrarse en la habitación 309, cuando sentí una presencia a mis espaldas y me volví con susto. Hubo un silencio breve pero intenso.

–Perdone que la haya hecho esperar –dijo el recién llegado, tendiéndome una mano alargada y joven, de apretón firme–. Bienvenida.

La voz era la misma que por teléfono, pero resultaba mucho más persuasiva porque se adaptaba como un guante al porte y el rostro de quien la emitía. Me sorprendí preguntándome vorazmente cómo me estaría viendo él, una curiosidad adolescente y olvidada que provocaban en mí a los quince años los hombres mayores que yo que me atraían a primera vista y ante los cuales me sentía insegura. De repente recordé cómo iba vestida y peinada, no le di el visto bueno a mi aspecto y añoré una ducha con desodorante. Él era alto, llevaba un traje de hilo color gris marengo y camisa blanca sin corbata. Ya no parecía tan joven, aunque sus manos y su voz lo fueran mucho, le calculé unos cincuenta años, era de los que sonríen sin sonreír, buen cuerpo, algunas canas. Nos estábamos mirando de plano y yo no decía nada.

–¿Le parece bien que nos sentemos? –preguntó.

Lo hicimos uno frente a otro en una de aquellas sillerías antiguas, brazos de madera negra con almohadillado y tapicería en tonos amarillos. Yo seguía sin decir palabra, pero tampoco era ya capaz de mirarle a los ojos, los suyos seguía sintiéndolos fijos en mí y el corazón me latía muy fuerte.

–Estoy asombrado de cómo se parece usted a su madre –comentó–. Supongo que se lo habrán dicho infinidad de veces.

–Algunas me lo han dicho, sí. Aunque últimamente..., bueno, hace ya años..., mis amistades y las suyas no pertenecían al mismo círculo, o sea que..., en fin, no había mucha ocasión de comparar.

–¿Quiere decir que no trataba usted a su madre?

–Vamos a dejarlo en un trato distante.

–Pues, a pesar de todo –dijo con voz grave–, yo la acompaño a usted en el sentimiento, en el que haya podido producirle su muerte, mucho o poco. Era una mujer extraordinaria.

–Gracias. Ya lo sé.

–Y a usted la quería mucho.

–Eso ya no lo sé. Pero da igual –añadí levantando los ojos nuevamente hacia el hombre alto con una repentina reacción de dureza que intentaba abortar sus posibles argumentos en contra–. No he venido aquí para discutir eso, como comprenderá.

Enseguida me arrepentí del frunce de mis labios reflejado en su mirada dulce e irónica, tal vez incluso un poco compasiva, como en un espejo deformante. Es un gesto que me echa años encima.

–¡Vaya! ¿Ya sabe de antemano, entonces, lo que ha venido a discutir?

Sentí que perdía pie, pero me resistía a bajar la guardia.

–No, no tengo ni idea. Recuerde que es usted quien me convocó y manifestó deseos de hablar conmigo.

–¿Y le incomoda que estemos hablando?

–No, por favor. Perdone mi tono de antes. Es que ando un poco a la defensiva. Supongo que me viene bien hablar con alguien, sí. Y cuanto más desconocido, mejor.

–Pues entonces relájese, mujer, y déjese llevar a lo que salga. Su abuelo opina que los que escriben el índice de un libro antes del libro mismo, ésos no limpian fondos. Yo le pregunto a veces que si ha escrito algún libro él, pero dice que no, o al menos no se acuerda, que la memoria es tramposa, dice. Claro que a mí me parece que el tramposo es él.

Sonreía mirándome y yo también sonreí tímidamente. Sabía mucho el hombre alto. Me daba algo de miedo. Sonaron los tres cuartos para las ocho en el reloj de péndulo.

—Perdone —dije—, ¿le molestaría abrir las contraventanas? Me angustia un poco estar con luz eléctrica.

Se quedó dudando.

—Verá, existe un pequeño inconveniente. Todas las ventanas dan al jardín de atrás y ellos están ahora por ahí, es su hora de expansión antes de la cena. Esta habitación les fascina. Si notan que abrimos una brecha, por pequeña que sea, se arracimarán para fisgar desde fuera, y adiós intimidad. Me figuro que no le apetece.

—No, qué horror, no me apetece nada.

—Pues a mí menos. Hágase cargo de que los estoy pastoreando todo el día. No obstante —añadió levantándose—, podemos introducir una pequeña mejora. Esas luces de arriba son como para un velatorio.

Arrastró una lámpara de pie y la enchufó cerca de nosotros. Daba una luz potente y ligeramente azulada. Luego fue hacia la puerta y apagó las del centro.

—Mejor, ¿verdad? —preguntó, mientras volvía a sentarse y cruzaba las piernas—. Más íntimo.

—Mucho mejor, sí. Gracias. Por cierto, ¿mi abuelo también está en el jardín?

—No, él apenas sale de su cuarto, a no ser ya muy de noche a hablar con las estrellas. En general, lleva una vida aparte. Porque es un caso aparte.

Hubo un silencio que me pareció demasiado largo. No sabía cómo romperlo. «Bueno, pues usted dirá» era una frase socorrida, pero tan tópica que la taché antes de verla escrita saliendo de mi boca en nubecita de cómic. Rectifiqué mi postura indolente. Mejor empezar yo misma por alguna parte.

–¿Sabe mi abuelo que he venido a visitarlo? –pregunté–. ¿O no se lo ha dicho usted todavía?

–No. De eso quería hablarle precisamente. Ni se lo he dicho ni voy a decírselo. Cree que es ella quien tiene que venir. Es a ella a quien está esperando.

La habitación empezó a girar hacia una órbita desconocida. O mejor dicho, se acercaba girando otro planeta que iba a chocar contra el nuestro. Y llegaba mamá sentada en aquel planeta que tenía paredes de cristal y por eso se podía ver lo que pasaba dentro. No es que pasara nada muy asombroso, se trataba más bien de una réplica a la escena que estábamos representando en aquel momento el hombre alto y yo, con la diferencia de que, amparado por aquellas paredes transparentes, con quien él estaba hablando no era conmigo sino con mamá. Se inclinaba hacia ella y le tendía un pañuelo blanco para que se secara los ojos, de los que brotaban lágrimas de cristal como las que bañan el rostro de las Dolorosas, el decorado era idéntico, hasta la luz azul que llegaba a rachas como el haz de un faro reflejaba la de nuestra lámpara de pie recién encendida para conseguir intimidad; a mamá le temblaban los hombros, ¿qué se estaban diciendo?, oírlos no los oía, solamente se podía percibir el zumbido estridente de aquel planeta oblongo que sobrevolaba nuestras cabezas a modo de zepelín dibujando espirales cada vez más vertiginosas, tan bajo, tan rasante que me sentí sacudida por el pánico. Nos íbamos a desintegrar en el espacio aquel desconocido y yo antes de que le diera tiempo a contarme la historia. No había salida. Todo daba vueltas.

Me tapé los oídos, cerré los ojos con fuerza y me agaché hacia adelante buscando el amparo de otro cuerpo que acompañase con las suyas las sacudidas del propio temblor.

–¿Qué le pasa? ¿Se encuentra mal?

–Muy mal, sí, muy mal... Me había escurrido hasta la alfombra, sentí sus manos sobre mi pelo y me desvanecí.

Luego, casi enseguida debió de ser, estábamos sentados uno junto al otro en el sofá de la sillería amarilla y él me tomaba el pulso. La expresión de su rostro, aunque preocupada, no contagiaba alarma sino seguridad y dulzura. Lo más raro es que me acordaba de todo, que no necesitaba preguntar «¿dónde estoy?» «¿qué ha pasado?» o «¿quién es usted?», simplemente me abandonaba al placer de saberme amparada y comprobar que ya no se oían las trepidaciones de aquel planeta de cristal que había estado a punto de embestir al nuestro.

–¿Había bebido usted esta tarde o tomado alguna droga? –preguntó con los ojos fijos en su reloj de pulsera.

–No.

–Eche la cabeza hacia atrás, ¿quiere? Respire hondo, más despacio. Así, a ese ritmo.

Abandoné suavemente mi mano izquierda sobre la falda a rayas, no sé por qué me había puesto esa falda tan fea. Antes de apartar sus dedos, esbozó sobre los míos una caricia breve, tal vez demasiado profesional. ¿O no lo era tanto?

–Ha sido un mareo raro –dijo–. ¡Y tan repentino! No estará embarazada.

–¿Embarazada yo? –protesté–. De ninguna manera,

¡Dios me libre! No quiero tener hijos nunca, nunca. ¡Jamás en mi vida!

–Pues tome precauciones, porque es usted muy guapa. Y por favor, no se altere.

Me alargó un pañuelo blanco, y fue cuando supe que estaba llorando.

Le agradecí que no me preguntara nada. Llegué a sospechar, mientras me estaba limpiando los ojos, que si le contaba lo del planeta, en vez de ponerse a hurgar en mis posibles complejos de Edipo, me diría: «Si usted ha creído verlo es que ha pasado. No todos vemos las mismas cosas.» Esa sospecha, o más bien fantasía, me dio fuerzas para levantarme y cruzar la habitación hacia la tarima donde vi trabajar al hombre del mono azul. Me había entrado mucha sed y me acordé de que allí tenía que seguir el botijo. Levantarlo con los brazos tensos, ligeramente arqueados, y dejar caer el chorro fresco hasta mi boca, aparte de surtir su efecto sedante, confirmó la elasticidad de mi cuerpo, que disparaba hacia la mente ideas claras y ganas de vivir. La existencia del botijo confirmaba también, por otra parte, que el electricista no había sido una visión fantasma. ¿Por qué, entonces, iba a serlo mi madre llorando lágrimas de cristal? Las dos cosas habían pasado en el mismo cuarto. Me escurrían unas gotas de agua escote abajo y me las sequé con el pañuelo, que había metido en el bolsillo de la chaqueta. Luego volví lentamente sobre mis pasos, deleitándome en su cadencia. El hombre alto me había llamado guapa. Y ahora se estaría fijando en mis andares.

–Estoy segura de que va a haber tormenta –dije, cuando llegué de nuevo a su lado–. Gracias por el pañuelo.

Lo miró brevemente al recogerlo. No me pinto los ojos ni me maquillo. No tenía manchas. Lo dobló. –¿Quiere que sigamos hablando de su abuelo? –preguntó tras una breve pausa–. ¿O prefiere dejarlo? –Prefiero seguir. ¿Por qué ha dicho antes que la está esperando a ella? ¿Es que no sabe que ha muerto? Han pasado ocho semanas.

Me miró serio.

–Precisamente. Y durante esas ocho semanas su familiar más próximo, que según tengo entendido es usted, ni ha telefoneado ni tal vez hubiera aparecido por aquí si a mí no se me ocurre llamarla. ¿O me equivoco?

–No, no se equivoca.

–¿Y qué quiere? ¿Que se lo hubiera contado yo? Me limité a poner fuera de su alcance los periódicos que durante dos días hablaron de ella. Aunque no sé, la verdad, si habrá servido de mucho.

–¿Quiere decir que puede haber visto alguno?

–Puede, aunque no le interesan los periódicos en general. Prefiere el Espasa. Dice que es lo más divertido del mundo.

Miré hacia el hueco que había dejado vacío el tomo de «España». Ahora ya estaba segura de que lo tenía él. Y se me metieron en remolino, atropellándose unas a otras, todas las mudanzas acontecidas en nuestro país desde la edición de esa enciclopedia. ¿Cómo habría vivido el abuelo esas mudanzas, concretamente las de los últimos años, entre las que se abría paso, ignorado, oscilante y torpe, mi crecimiento mismo?

–¿Ha dicho algo de mí? –pregunté.

–No. Ni de ella tampoco. Eso es lo raro. No pregunta por ella ni la nombra. Antes, a no ser que estuviera de viaje, y en ese caso le ponía postales, venía a visitarlo una o dos veces al mes, aunque nunca en día fijo, cosa que a él le hacía mucha ilusión. Esas visitas, que se alargaban

21

hasta muy tarde, no tenían nada que ver con las que otros parientes hacen a sus mayores, se notaba que para ellos no se trató nunca de una penosa obligación, sino de algo placentero, que disfrutaban, vamos, yo esas cosas las leo en la cara incluso cuando no afloran, pero además es que su madre y su abuelo me lo ponían fácil. En él sobre todo resultaba evidente que vivía de la renta de esas visitas, amasando su espera y su recuerdo. «Hoy viene mi hija, seguro», me decía de pronto una mañana. Y solía acertar. No ha vuelto a decir nada. Y habla menos conmigo. Tampoco la ha llamado por teléfono para saber si le ha pasado algo, tengo advertido en recepción que me avisen si lo hace. Mantenían una especie de pacto, me contó ella un día, de no molestarse por teléfono, a no ser en casos de fuerza mayor.

–Muy de mamá esa actitud –dije como para mí–. Pero lo que me intriga ahora es por quién se habrá podido enterar el abuelo. ¿Usted conoce a Rosario Tena? ¿Le suena de algo?

Hizo un gesto ambiguo.

–Ha compartido el estudio de mi madre durante estos últimos años –aclaré, sin dejar de mirarle.

–Ya. Pero por aquí no ha venido.

–Puede haber escrito.

–Tampoco, se lo aseguro.

–Entonces no sé, déjeme pensar...

Se encogió de hombros.

–Mejor que no piense. Adivinar por qué vías se entera don Basilio de las cosas es tan difícil como saber de qué se entera y de qué no. Pero qué más da. Lo único que cuenta es la alquimia a que somete luego esos informes, caso de que le lleguen. Su contumacia en hacer de las quimeras una norma de vida es algo inquebrantable y redentor. Gracias a eso resiste. Y lo que le puedo asegurar –continuó en tono solemne, como si emitiera un veredicto– es que a ella seguirá esperándola hasta que aparezca.

Ahora me estaba mirando con la ceja izquierda levemente alzada. Era un gesto de complicidad, un ruego de aquiescencia. Supe que la estaba viendo a ella, dirigiéndose a ella como poco antes dentro del planeta de cristal. La daba por reaparecida. Aparté los ojos con un breve sobresalto.

–¿Me está proponiendo que la suplante? –pregunté.

–Me gustaría simplemente saber si está dispuesta o no a colaborar conmigo. Depende de su temple y de su capacidad para apuntarse a los juegos peligrosos. Es a usted a quien le toca mover ficha o levantarse de la mesa.

Me subió desde los pies como una ola de fuego que me desentumecía. Hojas secas y papeles de archivo se consumían en aquella hoguera.

–Llevo mucho tiempo sin jugar a nada. ¿Qué hay que hacer? –pregunté–. Tendrá que ponerme en antecedentes.

–Por supuesto. Y usted a mí. No nos conocemos apenas. Pero nos convendría, de entrada, fiarnos uno de otro al menos un poco.

Le alargué la mano.

–Puede darlo por hecho en lo que a mí respecta.

–No corra tanto. Llevará su tiempo –replicó sin soltar la mano que estrechaba dentro de la suya–. Y también sus condiciones, ¿no? Pero es un comienzo alentador. Por cierto, gana usted mucho cuando sonríe.

–Tomo nota. ¿Algo más?

–Sí, claro, mucho más.

Aquel treinta de junio no vi a mi abuelo. Cuando quisimos darnos cuenta, se nos había hecho demasiado

23

tarde, y el hombre alto dijo que ya estaban sentadas las bases del juego pero que era mejor darse una tregua para hacer las cosas con desahogo. Esperar la ocasión propicia. No concretó más. Entendí que ya estábamos jugando.

—Permítame que le bese la mano —dijo al despedirse de mí en el vestíbulo—. A su madre le gustaba. Ya había anochecido y teníamos los nubarrones encima. Crucé la gravilla sin volver la cabeza y cuando arranqué él ya no estaba. Poco antes de llegar a Madrid, por la Cuesta de las Perdices, estalló la tormenta. Justo cuando Sade estaba cantando:

«There's a quiet storm
and I never felt this hot before...»

Abrí las ventanillas del coche para que entrara el olor a tierra mojada.

II. PRIMERAS MENTIRAS

Los días que siguieron están enhebrados en mi recuerdo por la perentoria necesidad de continuar aquella historia, aunque presumía que la aguja para coserla no iba a manejarla yo. Pero mis nudos interiores me impedían desentenderme de una rumia de decisiones que brotaban a mi pesar y se deshojaban continuamente apenas formuladas. Me ha pasado muchas veces, en época de nudos, no ser capaz de reconocer luego que se han deshecho sin intervenir yo. No funciona la experiencia de una vez para otra, al contrario, se vuelve avestruz. Recuerdo haber dicho al cabo de los días, consciente de que las aguas han vuelto a su cauce: «¡Con lo fácil que era!», y haber renegado de la pasada obcecación, pero cuando ésta se reproduce tejiendo sus ramificaciones alrededor de un nuevo asunto sigo pensando que darle vueltas sirve para algo.

Además el asunto del abuelo afectaba a otros muchos, y yo había querido ignorarlo cuando consideré un simple trámite −equivocado o no, pero exento de peligro− coger el coche para ir a visitarlo aquel treinta de junio. Ya a la mañana siguiente era imposible ignorar el desencadenamiento de aguas residuales que se propagaban por otros terrenos no tan fáciles de describir ni de acotar.

Los conductos subterráneos se habían roto por la noche; precisamente en uno de los sueños que tuve aparecía papá muy enfadado conmigo, pidiéndome explicaciones de los malos olores que invadían el chalet donde vive ahora; su niño se había despertado diciendo «¡caca, caca!»; al fin encontraron un agujero grande junto a la piscina y enseguida papá, a pesar de que no se distingue por su perspicacia, había adivinado que aquel borboteo de porquería que iba enfangando el jardín afluía de mi pozo negro. «¿Me lo vas a negar?» «Claro que no», le dije. Manoteaba mucho, llevaba gafas ahumadas con marco fluorescente y exigía, señalándose los pantalones manchados de fango, que mi marido mandara a algún operario de su equipo lo más pronto posible, a Tomás se refiere diciendo «tu marido», aunque sabe que no lo es. Tuve otros sueños de tuberías y de cables sin separar, pero no me acuerdo tan bien como de ése. Sólo sé que en uno de ellos aparecía el hombre del mono azul y decía: «Han estado ustedes a punto de tener un cortocircuito.» A sus pies se movía una especie de intestino enmarañado.

Me desperté temprano, con mucho dolor de cabeza, y ya no pude volver a conciliar el sueño, aunque todavía no había sonado el despertador. Cuando me estaba sirviendo el café y preparando las tostadas del desayuno, llamó Tomás desde la provincia de Jaén, donde están haciendo unas urbanizaciones. Comentó que me notaba la voz un poco rara.

—No te habré despertado, ¿verdad, guapa?

—No —le dije—. Me ha despertado mi padre con una pejiguera de las suyas y me ha puesto de mal humor. No sé qué problema tiene con un desagüe de vertidos residuales. Pretende que te pases por allí para verlo, como si no tuvieras otra cosa que hacer.

—Pero por allí, ¿dónde? —se extrañó Tomás.

–Por su chalet de Las Rozas.

–¿Tiene un chalet en Las Rozas? Primera noticia.

–Sí, hombre. Nos lo dijo el día del funeral de mamá. En una urbanización de allí cerca. Se han mudado definitivamente hace poco, el piso de Madrid lo quitan, un cambio de status. Con el aburrimiento, ya sabes, la gente se complica la vida, y Montse se aburre. Papá quiere que vaya a verlos, me hizo un plano, te lo conté, ¿no te acuerdas?

–No –dijo–, pero da igual. De todas maneras, lo que me parece chocante es que llame tu padre, y menos para pedirme a mí un favor, cuando casi no nos conocemos.

–Pues ya ves.

–Le habrás dicho que estoy fuera, me figuro.

–No. No le he dicho nada. Igual luego se le olvida. Él es así.

Hubo un silencio que de pronto pesaba. Bebí un sorbo de café con leche, y miré la hora.

–¿Y tú cómo te encuentras? –preguntó.

–Yo muy bien.

–¿Seguro?

–Sí, claro. ¿Por qué?

–No sé, tienes una voz que no parece la tuya. Daría cualquier cosa por verte en este momento.

–Te arrepentirías. Estoy fea.

–Imposible.

–Te digo que sí, y en plan mutante además. Vestida de marrón, tela de hábito con un estampado de oro y malva en relieve, el pelo teñido de rubio platino y me han salido varices. Ah, se me olvidaba, también me he operado la nariz; pero para ponérmela más larga, ¿sabes?, no más corta.

Mientras decía aquella sarta de tonterías imaginaba en paralelo una secuencia de cine donde una mujer, sin soltar el teléfono, lo va desplazando más arriba o más abajo para dejarse acariciar por su amante. Le hace gestos pidiéndole cautela. Es una escena que se ha visto muchas veces, aunque yo nunca la he protagonizado. En aquella fantasía erótica, las manos de mi amante eran las del hombre alto.

Tomás se echó a reír.

—Venga, no seas gamberra. ¿Fuiste a ver a tu abuelo?

—Sí.

—¿Y qué tal?

—Nada, estaba dormido. Tendré que volver otro día. Lo de mi madre, según me han dicho, lo ha encajado muy bien. Ya sabes que es lo único que me preocupaba. ¿Tú cuándo vienes?

—Creo que tardaré todavía una semana. Lo que tenías que hacer es pedir un permiso y dejarte de abuelos, padres y demás familia. Al fin y al cabo, para el caso que te han hecho...

El hombre alto me empezó a desabrochar el pijama. Lo hacía despacito, sin dejar de mirarme. Agarré aquella mano con la mía izquierda, se la volví hacia arriba y le fui besando primero la palma y luego los dedos uno por uno. No oponía resistencia. De todas maneras, el hecho de no conocer su nombre bloqueaba intermitentemente el vuelo de mi fantasía.

—Necesitas descansar y esto es precioso —siguió diciendo Tomás—. ¿Por qué no vienes? Hay un parador en la Sierra de Cazorla, a pocos kilómetros de lo nuestro, con unas vistas de no creérselo, lejos de todo, sin ruidos, un verdadero edén.

—Gracias, pero ya sabes lo que pienso de los edenes. Además, me dieron una semana cuando murió mamá y las vacaciones no quiero tomarlas hasta agosto. El trabajo es lo que más me entretiene.

—Pues nada, con tal de que estés bien.

–Estoy bien, ya te lo he dicho. Oye, cielo, en serio, se me hace tarde, se me enfría el café.

Cuando colgué el teléfono, me di cuenta con pasmo de las dos mentiras tan gordas que le había metido a Tomás sin ton ni son: una que había llamado mi padre y otra que el abuelo estaba dormido, pero además sin darme apenas cuenta de que al decirlo lo iba inventando. No eran mentiras piadosas ni de defensa, sino fatales, de esas que clavan alevosamente su aguijón de avispa. Luego escuece la roncha de repente y uno cree que ha tenido la culpa de algo. Vislumbré que aquellas dos afirmaciones traerían cola, tanto si reconocía haber mentido como si no. Tomás es un cultivador pertinaz y ferviente de la lógica, madre mía, qué nublado de explicoteos se avecinaba, menos mal que iba a tardar una semana en volver. Se me encendió una bombillita roja de alarma y latió un rato, pero después se apagó bajo la ducha.

De todas maneras, tomé nota de que la visita al abuelo había dejado a la intemperie una serie de cables de distintas procedencias que estaban a punto de provocar cortocircuito.

En lo que me equivoqué fue en creer que entregarme de lleno a mi trabajo –única decisión tranquilizadora mientras me secaba el pelo– significaba tomar una vía que me apartaba de aquella tupida maraña.

III. BAJADA AL BOSQUE

A mí, cuando viajo en metro, siempre me da por pensar mucho, pero además con chasquidos de alto voltaje, relámpagos que generan preguntas sin respuesta y desembocan en la propia pérdida, en los tramos umbríos de ese viaje interior donde se acentúa la desconexión entre la lógica y los terrores. Desde niña lo supe y me dio miedo, pero también me gustaba; claro que entonces el desamparo de sentirme viva entre desconocidos quedaba paliado por la referencia incondicional a quien, además de servirme de eslabón con el mundo, sabía mucho de viajes subterráneos: mi madre.

Yo a esos viajes en metro los llamaba «bajar al bosque», aunque no supe hasta más tarde que aquella metáfora, como todas, tenía poder para conquistar otros territorios. No sabía lo que era una metáfora, pero inventaba muchas, como todos los niños un poco listos.

Más adelante, en mi etapa de jovencita desafiante, bajaba al metro como quien acepta una invitación arriesgada, a sabiendas de que los recorridos subterráneos nunca son inocentes y te acaban liando. Desde hace unos diez años evito este medio de locomoción urbana y prefiero andar por la superficie. Dicen que ahora el metro es muy peligroso en las ciudades grandes, pero no es por

31

eso, también evito bajar al bosque en general, a todos los bosques que proliferaron insensible y progresivamente a partir de aquella primera metáfora infantil.

«El lío empieza en las piernas de la gente; son los árboles, pero más», me dije aquel primero de julio, poco después de sentirme arrastrada casi en volandas al interior del vagón y sufrir los empellones agudizados tras el cierre de las puertas. Me abrumaba notar lo distintas que son unas de otras –y también de las mías– las piernas de la gente, aunque aparentemente tan iguales y todas ellas soporte de un peso que no se ve, el del cerebro tratando de mantenerse alerta, el de los miembros cansados, el del estómago en trance de digestión del desayuno, el de los pulmones cargados que añoran un suspiro, unas desnudas y otras enfundadas en pantalones o medias de colores y tactos diferentes, rematadas por zapatos que tantean a ciegas buscando un hueco para implantar allí su gesto; los pies y las piernas tienen un gesto propio, no sólo al andar, también al apoyarse contra un travesaño o una puerta, y sobre todo al pasar del reposo al movimiento. Clasificar las piernas por su gesto y partir de ahí para indagar los pasadizos secretos del alma sería una tarea ingente, de equipo, por supuesto, y además haría falta como complemento indispensable de los datos objetivos, el testimonio que aportasen los allegados, o sea todos aquellos para quienes el movimiento de esas columnas vivas haya resultado inconfundible un día y lo sigan llevando impreso en la trastienda de los ojos, presto a revivir a la menor ocasión, aunque se trate de persona muerta o en paradero desconocido. Da igual que estemos en el piso veintitrés de un edificio en Atlanta; si miramos por la ventana y allá abajo, entre el hormigueo bullicioso de la avenida, cruza alguien que adelanta la pierna derecha con ese gesto peculiar, el corazón nos pega un brinco y tras el nombre que espontáneamente brota de nuestros labios, o bien podemos preguntarnos qué habrá venido a hacer a esa ciudad esa persona o bien batirnos en retirada con la flecha envenenada de la alucinación clavada en las espaldas; no puede ser verdad, aunque habrías jurado que lo era, y cerramos los ojos recordando cómo cantaban los pájaros el día de su entierro.

Los testimonios de los allegados se archivarían, naturalmente, en ficheros aparte, se podría dar trabajo a mucho sociólogo en paro, depende de la subvención, no parece que actualmente interesen mucho este tipo de investigaciones que relacionan los gestos con la conducta, supone hurgar en terreno pantanoso.

Y lo que más me extrañaba era que mis divagaciones no se asfixiaran entre tanto vaivén, pisotón y codazo, y ser capaz de fijarme con detalle en las diferencias y concomitancias que de cintura para abajo ofrecían mis vecinos de vagón, sin dejar de dar pábulo, al mismo tiempo, a otra cuestión bastante intrigante de por sí: ¿Por qué habré tomado yo el metro esta mañana y encima en hora punta?

Cuando salí de casa, tenía el coche aparcado justo a la puerta, una suerte increíble tal como se está poniendo el barrio, pero lo miré con indiferencia, pasé de largo y me metí por la primera bocacalle a la derecha mientras canturreaba un viejo tema mío, «Lo raro es vivir», me dejó absorta considerarlo viejo a pesar de que la letra, los acordes y la pena de amor que lo motivara sangrasen aún tan recientes por las paredes de una buhardilla empapelada de azul, aquel primer cobijo cuando me fui de casa de mi madre, qué lejos, qué cerca, qué raro, «lo raro es vivir, rock de oros y espadas, entrerrock de vivir con penas amputadas, rock de sobrevivir»; andaba sin prisa, aunque me daba cuenta de que llevaba retraso y la boca del metro no se puede decir que quede cerca, mejor dicho, no me daba cuenta de nada. Hasta que me vi en el andén y luego me dejé arrastrar por la avalancha de gente que me metía en uno de los últimos vagones, no me había hecho ninguna pregunta, ni siquiera si la línea elegida era la correcta o necesitaría hacer transbordo, era la primera vez que tomaba ese medio de locomoción para ir a mi trabajo.

«Pero en este caso, como en tantos, los medios y los fines pueden ser divergentes o estar unidos por un eslabón casual», seguí pensando mientras cambiaba de postura y trataba de acomodar mi cuerpo al de los demás, como quien encaja las piezas de un puzzle. «A mí simplemente hoy lo que me ha pasado es que he sentido sin saber por qué la tentación de bajar al bosque a divagar, a romper lazos con lo previsible.»

Había empezado a abrirme camino hacia otra plataforma donde parecían verse más claros y me detuve en el pasillo, respiré hondo como un nadador cansado y me agarré al flotador de aquellas tres palabras: «bajar al bosque», quería recordar cuándo había vislumbrado su poder de metáfora, qué había ocurrido para que lo entendiera, «es algo que se propaga a otras cosas», dijo mi madre, «que las contagia; el bosque se te puede meter por dentro, o en una habitación, y ves árboles donde no los hay», ¿pero dónde estábamos cuando lo dijo?, ¿y por qué salió la conversación?, intentaba revivir mi cara infantil de sorpresa, era verano probablemente, y había alguien más, ¿tal vez mi padre todavía? Forzar a un recuerdo a que salga de su escondrijo requiere concentración y yo no la tenía, es como abrirse paso a través de la espesura derivada de los bosques mismos, se está echando la niebla encima, es de noche, pueden salir lobos, pero los misterios se encierran ahí, y el que no baja al bosque que se despida, hace falta cerrar los ojos. Y tal vez rezar.

Me empujaron y caí sentada en un asiento que alguien acababa de dejar libre. Noté que me tiraban de la correa del bolso y me volví hacia ese lado. Era un niño de corta edad en brazos de su madre, ella iba distraída y movía los labios mirando al vacío con gesto de agobio. El niño me interrogaba sonriente con sus ojos negrísimos incrustados en una cara de marfil, había entrado completamente en mi órbita. Yo, a mi vez, necesitaba pasarle mi pregunta, como en algunos juegos de adivinanza. Me incliné hacia su oído, le dije bajito «me-tá-fo-ra» y se puso a manotear muy contento, mientras se debatía aprisionado en aquel regazo consabido y hostil. La madre seguía sin darse cuenta de nada, incapaz de jugar, ausente en sus preocupaciones.

—«¡Bapa!», dijo el niño. Y me tendió los brazos. Sonaba como a «guapa».

No pude resistir la sospecha de que se quisiera venir conmigo. Me levanté bruscamente sin volver a mirarlo y me abrí camino a codazos como un malhechor, huyendo del conato de llanto que oía a mis espaldas. Cuando llegué junto a la puerta acabábamos de arrancar de una estación y me dio tiempo a ver el letrero que ya casi se estaba esfumando. «Próxima parada, transbordo línea 5», decía al mismo tiempo el altavoz. Bueno, un poco de cabeza, aquella misma estación podía servirme, calculé que no quedaba demasiado lejos de mi destino. Aún conseguiría, apretando el paso, llegar casi a tiempo.

Recordar hacia dónde me estaba dirigiendo sacudió a medias mi letargo. Toda aquella gente sabía adónde iba, yo había estado a punto de perder la noción, de acabar confundida y anulada por movimientos extraños al mío, a punto de suprimir el frágil nexo entre las peripecias del oleaje y el rumbo de los barcos, otra metáfora, y además demasiado trivial; tenía ganas de salir a la superficie donde las casas son casas y las calles son calles sin más; caminaría un rato por calles que conozco y eso me ayudaría a despejar la cabeza. Suspiré, sin embargo, con cierta nostalgia. Obedecer a ese mandato equivalía a asesinar mis embriones de pensamiento imprevisto, era como prohibir el acceso a los espermatozoides que se precipitan a fecundar un óvulo o destruirlos cuando han conseguido entrar, yo había elegido siempre el primer sistema, abortar me aterraba. Basta, no quería darle alas a aquella nueva metáfora, porque además era de las que escuecen, me bajaría en la próxima, se acabó el bosque.

—Perdone, ¿va a salir? —le pregunté a una chaqueta interpuesta entre la mía y la puerta.

Tenía hundida la mejilla en sus hombreras. Era una chaqueta de dril algo gastada, impregnada de olor a tabaco. Su propietario se volvió de perfil con una media sonrisa, dijo que sí y pronunció mi nombre. Llevaba gafas negras y era flaco. Lo conocía, desde luego, pero no recordaba de qué.

Una vez en el andén, me saludó efusivamente con un beso y echamos a andar juntos hacia la salida. Sus pasos eran largos pero avanzaba sin prisa, desmadejadamente.

—¡Vaya despiste que llevas, colega! Igual ni te acuerdas de quién soy —dijo.

—Sí, hombre, lo que pasa es que como hace tanto tiempo que no nos vemos.

—La tira de tiempo, sí. Pero además es que tú sigues en Babia, oye, te venía mirando en el metro y me daba risa, como hablando sola ibas, me parece, ni me has visto, claro.

—¿Me mirabas tú? Perdona, no me he fijado. Bueno, a estas horas todos andamos un poco zombis, ¿no?, y luego con como se pone el metro, bastante tenemos con salir ilesos.

Mientras hablaba, le iba mirando un poquito de reojo

y trataba de situarlo entre mis viejos conocidos. Inicié el repaso mental de ciertos locales que frecuentaba antes de irme a vivir con Tomás, por ver si revuelto con alguno de aquellos nombres exóticos saltaba el del chico de la chaqueta de dril, pero se trataba de un recorrido tan laberíntico que amenazaba con convertirse en otro bosque, he pateado demasiado Madrid a la luz de las farolas. De todas maneras era un rizofita, de eso no cabía duda. A los comparsas de mi alborotada juventud los hemos agrupado, para entendernos, bajo la denominación genérica de rizofitas, un género que admite subespecies, como en botánica. Fue una metáfora que inventó Tomás algo cargado de copas, porque cuando se emborracha es cuando más gracia tiene.

Al subir el último escalón que nos depositaba sanos y salvos en la calle, nos paramos a mirarnos; hacía una mañana hermosa. Él se había quitado las gafas negras, como para facilitarme el reconocimiento.

–Deslumbra la luz, tú. Yo empalmo desde anoche.

Tenía los ojos hundidos en profundas ojeras, más bien rubio, barba de dos días y le faltaba un diente. En el momento en que estaba volviendo a ponerse las gafas negras me acordé súbitamente de su nombre y acusé el hallazgo con una mezcla de dolor y triunfo. Tirando de aquel nombre salían enredados muchos más, algunos no tan inocuos.

–Pues sí, hombre, Félix, la tira de tiempo, lo menos ocho años.

–¿Tantos? No jodas. Pues tú estás igual. ¿Por qué no me invitas a un café?

–Bueno.

No me había preguntado si tenía prisa, así que la dejé de tener. De repente era un consuelo estar con alguien que no me trataba con guantes ni me miraba con cara de pésame como últimamente mis compañeros de trabajo, alguien a quien podía confesarle que estaba harta de madrugar para ir todos los días al mismo sitio, con quien podía elegir liarme a hablar de todo o no decir nada, da igual, los rizofitas tampoco se caracterizan por escuchar intensamente, y a veces eso alivia.

Fuimos a un café que él conocía. Nos sentamos. Había poca gente. Me preguntó que si seguía haciendo canciones.

—No. Ahora soy archivera.

—¡Qué raro, tú! No te pega nada. ¿Algún enchufe?

—No, hice mi oposición correspondiente, currando dos años, no te vayas a creer. Quería ganarme la vida con un sueldo fijo, noté que me hacía falta.

—¿Y eso? Igual te lo dijo algún psiquiatra.

—Pues no, ya ves. Fue una decisión como otra cualquiera. Y luego ha resultado que tiene su morbo. Bueno, un morbo que no es el propio, unas veces andas en el siglo diecisiete y otras oyendo pasar los tanques de la segunda guerra mundial, pero engancha.

Félix me miraba con ojos acuosos, ese gesto que conozco tanto de quien pone cara de estarse enterando pero le cuesta esfuerzo.

—Un morbo que no es el tuyo —repitió—. Está bien eso. O sea que ni te va ni te viene.

—No, hombre, tampoco. Ahogas la propia indecisión en la de otros y con eso olvidas el cacao de tu vida. Igual les pasa a los bomberos, a los médicos, a los abogados, para sí mismos no sabrían como montárselo, y ya ves, en cambio, hacen un bien a la humanidad. Cualquier oficio que te obliga a meterte en lo que sea te saca de tu rollo, pero si lo haces bien compensa. Apagas un fuego, arreglas un alma o un cuerpo, ganas un pleito, recompones el pasado de un muerto a través de papeles, qué más da, son asuntos ajenos, me refiero. Te tranquilizan y encima sin implicarte. Se vuelven tu rollo.

—Vale. Si lo miras así...

Nos habían traído los cafés y Félix revolvía el azúcar del suyo con el mango de la cucharilla. Siempre hizo eso, lo copiaba de Roque. Roque no es propiamente un rizofita. Todos le imitábamos en algo o buscábamos su admiración. Le pregunté por él.

—Vive con Paula, luego he quedado con ellos. Andan metidos en cosas de diseño publicitario. Bueno, él inventa también otras cosas, para no hundirse en la mierda del todo. Y para seguir jugando a ser otro.

—¿Qué cosas?

Sonrió, y la sonrisa le avejentaba, como todos los gestos que muestran el deterioro de un fervor juvenil.

—Cualquiera sabe, su fantasía va por libre, yo siempre se lo digo a Paula, déjalo, tía, él se tiene que largar a la calle, pues un respeto, ¿no?, a estas alturas de la película me viene con monsergas de pareja, Roque es Roque y punto. En fin, más bien jodidos.

—¿Por algo especial?

—Por los niños de ella y eso, ya sabes. A mí me pasa con uno que tengo perdido por ahí. Es que es un palo, por mucho que digas «allá se las apañen», por lejos que estén, los enanos siguen vivos y pidiendo coca-colas, eso no tiene vuelta de hoja. Y te llega el guirigay, ¿cómo te lo diría yo?, se te agarran a los pies y a las tripas; ¿tú tienes hijos?

—No.

—Pues mejor, chica.

De Paula me acordaba y de su perfume caro, a rosas. Tenía la tez muy blanca y perfil griego, se casó muy joven con un aristócrata rubio y daban fiestas en una casa de campo de los padres de él, yo nunca fui, pero oí comentar que tenían una piscina con luces por dentro y que por la noche los amigos se bañaban desnudos.

De repente Félix, sin transición, se puso a contarme

el argumento de un corto que estaba rodando con otros amigos, aunque la idea era suya, un tipo que envenena a su compañera de piso cuando se entera de que va a tener un niño. Insistía en la ambigüedad del mensaje, podía tomarse como terror a poner un nuevo ser en el mundo, como cobardía personal, o como celos porque no está seguro de haber sido él quien dejó embarazada a la chica, la primera imagen iba a ser el rostro de la muerta, una expresión un poco como de odio o de rebeldía, tenía que resultar muy feminista. El feminismo vende.

–No creas que ya vende tanto –dije yo–. Además, perdona, ¿feminista una historia donde un tío se carga a su compañera de piso porque está embarazada?

–Bueno, él también sufre.

–¿Y cómo vas a reflejar eso? Yo lo veo confuso, pero cantidad.

Era un proceso psicológico bastante complicado, en eso estaba de acuerdo. Lo importante era despertar la incertidumbre en el espectador, dependía de los gestos más que de las palabras, el protagonista masculino iba a ser él. Estaba dudando si sacar o no a los que hacen la autopsia del cadáver. ¿A mí qué me parecía? Lo malo es que sólo podía durar diez minutos como mucho.

–Sí, un poco escaso el plazo –dije– para meter tantos matices y altibajos, más parece tema de novela.

Félix se encogió de hombros y se quedó con los ojos perdidos, como si se hubiera derrumbado de repente.

–Ya –dijo–, siempre pasa igual. Lo que queremos es escribir una novela para pillar un premio de muchos kilos y que nos retraten con la cara apoyada en la mano.

Estábamos sentados junto a una ventana y reconocí la calle. En la acera de enfrente había un Burger King con letrero amarillo. Le pregunté a Félix si no era allí mismo donde estuvo el Fuego Fatuo, uno de nuestros locales nocturnos habituales, lo cerraban muy tarde; algunas noches de insomnio envenenado me levantaba de la cama, cogía un taxi y me iba allí a ver si encontraba a Roque cuando empezó a dejar de hacerme caso y de aparecer a diario por la buhardilla de las paredes azules, llegaba haciéndome la indiferente –«hola, chicos»– y él muchas veces no aparecía o ya se había marchado o nadie sabía nada, fuego fatuo, tenía una barra larga con faros de coche incrustados.

–Sí, ahí estaba –dijo Félix–. En Madrid cambian mucho los locales. Dice Roque que se les caen las letras como si fueran dientes, y que es el primer síntoma de que empieza la piorrea.

Miré el reloj y le dije que iba a tener que irme. Sentía como un hueco que me perforaba las vísceras. Félix me preguntó que si podía utilizar como banda sonora para su corto aquella canción mía, «Lo raro es vivir», por cierto, ¿dónde se podía encontrar?, tenía mucho tirón, era un rock, ¿verdad?

–Una especie de rock, sí, pero bastante sui generis. Yo llamaba «entrerrock» a todo lo que hacía, no sé si te acuerdas.

Me di cuenta de que no se acordaba, pero no lo dijo. Tampoco adiviné hasta qué punto se había enterado de lo mucho que Roque me hizo perder pie por entonces, ni siquiera si ahora nos estaba uniendo en su memoria. Daba lo mismo, después de todo. Repitió que era una canción estupenda y que le encantaría tenerla.

–Déjame tus señas, anda –le dije–, y te mando la cinta casera, si la encuentro. No llegué a grabar el disco. Ni ése ni ninguno.

–¿Ah, no? No sabía. Bueno, te dejo dos teléfonos para que me localices, me estoy mudando.

Me alargó dos teléfonos apuntados en una servilleta de papel, pagué y nos despedimos.

–Por cierto, una cosa –dijo, ya en la calle–. ¿Me puedes dejar cinco mil pelas? En cuanto acabe el corto, te las devuelvo. Estoy bajo mínimos.

–Cinco mil parece mucho, oye. Te doy dos mil y gracias.

Las cogió, dijo que se arreglaba con eso y que había sido maravilloso volver a verme.

–Estás guapísima además, chica. Se ve que te sienta bien eso de los legajos. ¿O hay alguna otra cosa?

–Hay un tal Tomás.

–Ah, vamos, ya decía yo. Eso no falla. Vitamina extra.

Cuando llegué al archivo, iba pensando que Félix no había abjurado de sí mismo, mientras yo, en cambio, sí, y que de no haber atendido aquella mañana a la llamada del bosque, su nombre seguiría escondido entre la maleza de los rizofitas. También que en la época de «Lo raro es vivir» no existía el compact y en las casas lo que había eran tocadiscos; mi madre tenía uno, que sonaba muy bien, se sentaba en el suelo a escuchar ópera con los ojos cerrados.

Y ya sabía, además, que la marea de los papeles ajenos adonde acudo a diario a beber olvido se iba a alterar con el surco de espumarajos dejado por aquel barco fantasma.

Naturalmente, llegué tarde. Con más de una hora de retraso. Con dolor de estómago. Y sin gana ninguna de ponerme a trabajar.

IV. CALDO DE ARCHIVO

De un día para otro se echó encima el calor. No sé si contribuiría eso a aumentar mi impaciencia. Volvía a casa a primera hora de la tarde y antes de entrar al baño, beber agua o ponerle comida al gato, me iba derecha al contestador. Nada. No había mensaje ninguno del hombre alto. Escuchaba los otros, generalmente de Tomás o recados para él, con la esperanza de que el pitido que los remataba diera entrada a aquella voz que me había dicho: «depende de su capacidad para apuntarse a los juegos peligrosos», una voz que la memoria no conseguía reproducir pero que mi tendencia a la metáfora asociaba a un color azul metálico. Me duchaba, me ponía en short, y cuando el sol ya había caído, salía un rato a la terraza a regar sin ganas ni convicción los tiestos donde languidecen adelfas y geranios. Lo que más me aburría era saberme espiada por los ojos de algún vecino que estaba haciendo lo mismo, así que cumplía mi cometido sin mirar mucho alrededor, como enfrascada en algún pensamiento profundo. Pero durante cuatro horas nada, encefalograma plano, mi actividad se había reducido a desplazarme de la butaca al sofá, leer por encima la prensa y mirarme los pies, que ponía en alto sobre un almohadón gordo.

La versión que circulaba por el hilo telefónico hasta las cercanías de la Sierra de Cazorla era que estaba adelantando mucho en la redacción de mi tesis doctoral: «Un aventurero del siglo XVIII y su criado». Los apresaron por orden de Floridablanca en 1785, venían de Londres, sospechosos de estar implicados en cierta conspiración capitaneada por algunos jesuitas expulsos con el fin de independizar Chile y Paraguay, todo muy rocambolesco, el amo se llamaba Luis Vidal y Villalba, el presunto criado Juan de Edad, portorriqueño, soltero de veintisiete años, otras veces mencionado como Juan Delage, natural de Burdeos, dice haber conocido a su amo en Curação y que le ha servido desde 1780, está claro que ambos mienten, sobre todo don Luis, que se finge italiano aunque era catalán, pero eso se va sabiendo poco a poco; el propio gobierno de Carlos III, por soplos del conde de Aranda desde París, cree que Vidal es peligrosísimo, sospecha fomentada por él mismo, que magnificaba en conversaciones privadas sus contactos e influencias, empeñado en vivir su vida de pobre hombre como si fuera una novela de espías. Lo pagó muy caro, veinte años de cárcel. Decía tener importantes posesiones en La Martinica.

El 13 de junio de 1785, día de San Antonio, un escribano real va a Las Rozas a esperar a don Francisco Gamir «que venía con una partida de caballería escoltando a un reo de costado, que dijo llamarse Luis Vidal y Villalba». Al alcaide de la Cárcel Real le entregan sus efectos, entre los que figura un retrato de mujer en miniatura en óvalo con el cerco de madera, dentro de una cajita también de madera. Por los mismos días se ha ido a esperar a Galapagar a Juan de Edad, y se le encarcela también, pero incomunicado con su amo. En los primeros interrogatorios se finge loco.

Me espabilaba tanto contándole a Tomás cómo avanzaban las peripecias de aquella historia y mi cerco a sus enigmas que cuando dejábamos de hablar por teléfono tomaba notas de lo que le había dicho y era el único rato del día en que la realidad despedía otro aroma, se retorcía agitada por un viento salino y le salían pájaros volando.

—Parece una novela —decía Tomás—. Es una pena que no puedas escribirlo en forma de novela. ¿Seguro que eso de la cajita de madera no te lo inventas?

—No, de verdad, tengo los apuntes delante. Si es que tú no sabes la cantera que son los papeles de archivo, las cosas tan delirantes que aparecen, lo malo luego es atar cabos para ir adivinando lo que pasó de verdad, igual que en las pesquisas policiacas. Y darle forma, claro.

—Pero cuéntalo igual que me lo vas contando a mí.

—Hombre, qué cosas tienes. Eso no sería una tesis doctoral.

—Olvídate de si es una tesis o no, siempre te lo digo, tú coge un cuaderno y lo vas poniendo todo en borrador, según te enteres, luego sobre eso trabajas. Empieza aquel cuaderno gordo que te traje yo de Burdeos, ¿te acuerdas?

—Claro, uno verde, si lo tengo aquí.

En el cuaderno sólo estaba escrita la primera página. Ponía «Un aventurero del siglo XVIII y su criado», en mayúsculas dibujadas con sombra, y la fecha, de enero de aquel mismo año, cuando a nadie se le pasaba por la cabeza que mi madre se pudiera morir. Y, al pensarlo, encima de las mayúsculas sombreadas se abatía aquella otra sombra gigantesca. Le daba las gracias a Tomás por animarme tanto desde lejos, le transmitía algún recado, hablábamos del calor, le prometía empezar el cuaderno. Me gustaba mucho haber conseguido despertar su interés. A veces me pregunto qué sería de mí si Tomás dejara de interesarse por las cosas que le cuento y por las que le oculto. Posiblemente una catástrofe. Solía ser ya de noche. Ganas de salir no tenía, ni de llamar a nadie, el calor apenas había remitido, fue una semana muy cruel. Miraba mis papeles dispersos, los ponía en orden, rotulaba las carpetas donde los iba guardando otra vez, de algunas cosas ni siquiera me acordaba, por ejemplo de que el criado no sabía escribir ni de que había seguido a don Luis engolosinado por unas promesas de fortuna dignas de ser formuladas por don Quijote a Sancho; y durante un rato los interrogatorios de don Blas de Hinojosa, Consejero de Castilla, encargado de apretarles los tornillos en celdas separadas a aquellos dos presos inquietantes y pertinaces, así como las contradicciones en que ellos continuamente incurren, se apoderaban del verano y disipaban mi apatía.

No sólo le veía hilo de oro a aquella pesquisa, sino que me parecía haber pasado la tarde entera ocupada de verdad en su redacción, activa, llena de estímulo, y me prometía a mí misma buscar más material al día siguiente, porque quedaban muchos puntos oscuros. (Han pasado más de dos años y siguen quedando, proliferan los puntos oscuros, quién sabe si acabaré algún día esa investigación, no la doy nunca ni por cancelada ni por olvidada.)

La ventaja de trabajar en un archivo es que puedes fotocopiar documentos y mirarlos un poco allí en los ratos libres, aunque ratos libres no hay muchos en verano. Todos los estudiosos extranjeros intensifican su visita a España entre mayo y agosto. Conmigo se suelen llevar bien, me acaban contando secretos de los personajes a quienes siguen el rastro, como si fueran familiares, a veces algo engorrosos, a los que vienen a visitar desde Oklahoma, Toulouse o Melbourne, es una desesperación cómo se les escurre por entre los dedos el año sabático o las vacaciones de que disfrutan, al principio pensaban que les iba a cundir más el tiempo, aquí en España el ritmo de vida es otro; y yo les sonrío más o menos de lejos, según cómo me caigan o el humor que tenga. Con algunos intimo un poco más.

Me acuerdo, por encima de todos, de un profesor de La Sorbona que se ocupaba del estado del clero español a finales del siglo XVIII, concretamente de un obispo de Mondoñedo, acusado de amores ilícitos. Era cuando yo acababa de ganar la oposición. Nos hicimos bastante amigos y un día me invitó a comer a un restaurante económico por Argüelles. Su mayor problema –decía– cuando consultaba un legajo era la incapacidad para interesarse solamente por una de las diferentes historias que le salían al paso entre aquel montón de papeles, limitarse a buscar lo suyo, mirar a ver si venía algo de lo suyo, ¿por qué era suyo?, ¿quién había decidido que lo fuera?; y lo sabía desde que le quitaba los cartones y las cintas al legajo, que se iba a entretener, a desviarse de la cuestión que le había traído allí por culpa de otras a las que no se resistía a echar un vistazo. En la vida le pasaba igual, resulta tan empobrecedor –decía– atenerse de forma rígida a lo que se ha elegido, descartando cualquier otra posibilidad igualmente interesante, y sin embargo hay que contar con ello, nos pasamos la vida decidiendo, por mucho que nos agobie decidir, ésa es nuestra condena, la sed de infinitud chocando contra los barrotes de la jaula; suspiró, «c'est la vie». Tenía barba gris y ojos azules. Su mujer había muerto hacía tres años y tenía un hijo y una hija más o menos de mi edad, aventuró mirándome. Le pregunté que si no había pensado en volverse a casar. Dijo que no, las señoras de su edad no le gustaban y a las jóvenes no quería someterlas al progresivo deterioro del trato con un maniático. Además, a su mujer la había querido de verdad, la echaba mucho de menos y en contadas ocasiones le había sido infiel, pero muchas veces se preguntaba con nostalgia cómo habrían sido las cosas de no haberla conocido, no podía resistir la tentación de imaginarlo incluso con regodeo, es muy injusto que la vida nos fuerce a tomar opciones excluyentes, entras por una puerta y ya no hay más que un pasillo que se va ensombreciendo con puertas al fondo por las que también hay que pasar, cada vez más estrechas y perentorias.

De pronto sentí un nudo en el estómago, por entonces había dejado de componer canciones y de beber sin tasa, había conocido a Tomás y la puerta del archivo, que traspasaba a diario, se me antojó la primera de aquel largo pasillo. Miré a mi compañero de mesa como esperando algún consuelo. Estaba sonriendo.

–Menos mal que yo creo en la reencarnación –dijo.

–¿Ah, sí?

–Sí. Absolutamente –afirmó muy serio–. ¿Usted no?

–No estoy muy segura. A veces lo he pensado. Vivir es tan raro que se puede esperar cualquier cosa, desde luego, caso de esperar algo.

De pronto me miró con mucho cariño, como me imaginé que miraría a su hija.

–¿No leía de pequeña cuentos de hadas?

–Claro, los sigo leyendo, son los que más me convencen. Y precisamente por eso, porque el hecho de que un animal hable y cuente, por ejemplo, que está hechizado pero que es otro ser lo veo como normal, gracias por haberme sacado a relucir los cuentos de hadas. Son el subconsciente. Porque a veces tengo sueños donde también yo me transformo, y me pasan cosas por dentro, ¿entiende?, presencio las transformaciones, y digo «ahora me van a ver los demás otra cara», le parecerá raro...

Me había puesto triste. No sabía por qué le estaba hablando así a un desconocido. Y tuve un deseo instantáneo pero abrasador. Me dieron ganas de pedirle que fuera mi padre y que me llevara a París con él. Sería meterse por un pasillo distinto.

–No me parece raro, *ma belle*. Al fin y al cabo, todo es transformación. ¿En qué se ha convertido usted ahora? ¿En princesa cautiva o en gato que va a romper a hablar? Vamos, formule un deseo.

Me eché a reír para que no se notara que tenía ganas de llorar.

–Es usted más joven que muchos chicos de veinticinco años –le dije.

Y me levanté para pedir que por favor bajaran el volumen de la televisión, porque era un restaurante bastante ruidoso. Cuando volví había hecho una flor con una servilleta de papel, le echó un poco de sal y me la alargó a través de la mesa con un gesto que imitaba los de Charlot.

A los postres, la conversación había vuelto a encauzarse por los derroteros de la investigación histórica, y fue cuando me habló de Vidal y Villalba, un total desconocido para mí. Era una lástima –dijo– que nadie se ocupara de aquella historia, le había salido enredada con los papeles del obispo de Mondoñedo y prometía encubrir muchos misterios. Por de pronto, en los interrogatorios de la cárcel, ni Vidal ni un criado suyo parecían decir palabra de verdad. A mí al principio ni siquiera me estaba interesando, ¿palabra de verdad sobre qué?, no entendía nada. Además me daba rabia que se hubiera quebrado aquel hilo de intimidad que por un momento cosió mi historia verdadera con la de quien tal vez en otra vida hubiera podido ser mi padre, y que ahora cortaba meticulosamente en trocitos su melocotón en almíbar, mientras me hablaba de dos encarcelados extravagantes y borrosos.

–Pero bueno, ¿por qué los cogieron?

–Ahí está la cuestión. Creo que en 1785 a Carlos III y a sus ministros se les hacían los dedos huéspedes ante cualquier conato de conjura que amenazara su autoridad en las colonias americanas. De hecho a Vidal le preguntan varias veces por el inca Tupac Amaru, el cacique de Tinta, que si lo había conocido durante su estancia en Filipinas y Perú o sabía algo de él, ya ve usted, no les bastaba con haberle infligido tres años antes una muerte tan horrible, tenían miedo a la semilla de su revolución relámpago. Con razón. Fue la primera vez que se protestó a sangre y fuego contra la dureza y tiranía de los corregidores españoles en las colonias, como sabrá usted. No. No lo sabía, pero ya se estaba haciendo tarde, tenía que volver a mi trabajo y los nombres de Tupac Amaru y Vidal y Villalba se me quedaron asociados para siempre. Había decidido que quería enterarme un poco mejor de aquellas historias.

Nos despedimos en la boca del metro, porque íbamos en direcciones opuestas y él se marchaba al día siguiente. Me dejó una tarjeta con su nombre, Ambroise Dupont, y su dirección en París. A veces he estado a punto de escribirle, pero luego he pensado que para qué, para llenar más cajones de papeles caducos. Me apuntó también el número del legajo donde se había topado con aquellos retales de investigación.

–Por si se anima usted a seguirla, niña triste. Hurgar en el pasado remoto puede ser un lenitivo. El cercano hace más daño.

Nos dimos un beso y me quedé mirando cómo bajaba las escaleras para ingresar en su bosque particular. Luego, cuando llegué al archivo, y antes de guardarlo, empecé a rebuscar en aquel legajo por pura curiosidad, empujada por monsieur Dupont, un viudo de ojos azules a quien nunca he vuelto a ver. Se habrá metido por otras puertas o transformado en otro, así son las cosas de la vida.

Total que a Vidal y Villalba lo conocí en un restaurante barato de Argüelles y le seguí la pista por mi manía de bajar al bosque, a todos los bosques, nunca se me había pasado a mí por la cabeza escribir una tesis que tuviera por telón de fondo los primeros brotes de independencia colonial en el siglo XVIII, ni creo que la escriba, pero bueno, ahí sigue coleando la historia de dos oscuros comparsas, don Luis y su criado, unas veces se entierra y otras vuelve a asomar, incompleta, una historia guadiana como tantas que me tocan más de cerca, amalgamada con ellas.

De Ambroise Dupont me he acordado luego muchas veces, no sólo por la flor de papel y los cuentos de hadas, sino porque tenía más razón que un santo cuando decía que es absurdo interesarse sólo por un asunto entre los muchos que salen al paso en los papeles y en la vida. A mí el que verdaderamente me enamoró en plan flechazo fue José Gabriel Tupac Amaru. Pero de ése no tiene sentido hacer una tesis doctoral, porque ya hay muchos libros donde se cuenta lo que le pasó al cacique de Tinta. No paré hasta que me los leí todos.

Tal vez si algún día me decido a redactar en serio mi trabajo sobre el aventurero mentiroso y su criado, lo más brillante sería hacer aparecer a Tupac Amaru en el primer capítulo, como contrafigura heroica del sórdido don Luis. Cuando lo pienso, me parece oír los cascos de su caballo blanco vadeando un río a todo galope para escapar del fuego enemigo.

V. LOS HUÉSPEDES DEL MÁS ALLÁ

Por aquellos primeros días de julio, mientras esperaba la llamada del hombre alto, pensaba mucho en la muerte. Pero de una manera sorda y abstracta, a modo de tamborileo persistente que no dejaba de sonar a pesar mío, un telón de fondo con dibujos que los faraones encargaron para conmemorar a sus muertos. Lo que más me extrañaba era haberme acostumbrado tan pronto a pensar en mi madre como en alguien que nunca más pasaría calor en verano ni se asomaría de noche a mirar las azoteas de Madrid, tan perteneciente al pasado como Vidal y Villalba. Ya no oye −me decía−, ya no puede explicar nada aunque se lo pregunte, ya no puede mentir ni defenderse, se ha ido de puntillas con sus cosas, con su mirada indescifrable, ya no pasa calor, la parte de mi infancia enredada en su ovillo se la llevó con ella. No pensaba «se la llevará», como otras veces al imaginar con sobresalto su ausencia, sino «se la llevó», lo pensaba como algo inexorable. Y el cordón umbilical de las historias pendientes se cubría de herrumbre.

Decir «se llevó parte de mi infancia» era verme volando en sus brazos aún jóvenes hacia un lugar remoto; se interrumpían mis juegos y mis preguntas, quedaban los atlas sin cerrar, las fichas del parchís sin recoger, el

53

puzzle a medias, los lápices de colores con la punta rota, la bici derribada, «¡date prisa!», y un torbellino nos arrancaba del suelo aire arriba, «vamos, no tengas miedo, agárrate fuerte a mí»; era como un cohete espacial, pero yo sabía que luego iba a caer y meterse en las entrañas de la tierra, y cerraba los ojos temblando.

Al volverlos a abrir, subía de la calle anochecida un trepidar de motos y un runrún de gente, es una zona de mucho pub, trasiego y bar al aire libre, me hacían una compañía como de hospital aquellos ruidos que decoraban una novela urbana sin final intrigante, ya la he leído mil veces esa novela, y la he visto en el cine. También yo podía disfrazarme de algo y bajar a solicitar un papel, buscar al encargado del *casting*, hágame una prueba, tengo descaro, capacidad de reflejos y de esquivar a un navajero, copas aguanto muchas, sé improvisar una réplica pronta y si lo pide el guión me desnudo hasta en la Cibeles, hágame una prueba, ¿quiere?, a ver, ¿llevas sostén?, qué aburrido, ya me lo sabía todo. Encendía la televisión suspirando, me servía un whisky, hacía una caricia furtiva al gato y echaba furiosamente de menos a Tomás. Pero había decidido resistir a pie quieto, aquel asunto era sólo mío, mi infancia yacía mutilada sobre la moqueta, habría que hacerle la respiración artificial o tal vez la autopsia, buscar fotos, papeles, recordar cómo se vestía ella, el gesto tras el cual ocultaba sus enfados, prepararme, en una palabra, para la entrevista con el abuelo, porque el hombre alto podía estar a punto de avisarme para que entrara en escena. En cuanto oyera su voz me animaría, era de las que dan pie. Pero, mientras tanto, ¿dónde estaba mamá?

En mi aceptación de su muerte no entraban ni la idea de una desaparición total ni cálculos del tiempo transcurrido desde la tarde en que me dieron la noticia −¿dos meses?, ¿tres?−, y qué más daba eso, lo que contaba era la sólida muralla alzada desde entonces para siempre entre su viaje y el mío; lo que se llevó ¿se lo llevó adónde? Verla muerta no había querido, ni casi preguntar de qué murió, la ceremonia del entierro me pareció un pastiche, fui con gafas negras y vaqueros. Rosario, su compañera de estudio, iba de luto y lloraba tanto que le daban el pésame a ella; papá, a su manera, estuvo muy cariñoso conmigo, aunque tímido, le pedí que no me llamará en unos días, «ya te llamaré yo si no te importa, ¿vale?», y pareció comprenderlo, se quita las gafas y se frota los ojos cuando ha entendido algo, dijo «pero no me dejes solo mucho tiempo», una frase que parecía salirle del corazón y totalmente inesperada, yo creo que Montse lo oyó porque estaba cerca de él y frunció el ceño, que, por cierto, no me explico lo que pintaba ella allí, menos mal que no habían llevado al niño. Aquella misma tarde me la pasé poniendo música estridente mientras oía a Tomás atender el teléfono y disculparme, pedirle a la gente que no viniera, un cielo de hombre, creo que su madre se escandalizó al escuchar aquellos acordes de rock, no le cabía en la cabeza, «cada cual siente las cosas a su manera, no seas convencional, por favor, mamá», desde entonces está enfadada con él y también conmigo, porque se imagina que lo malmeto, qué anecdótico todo, qué inconsistente y mezquino. Quedarse y seguir viviendo no tenía ningún misterio. Distraía de lo fundamental. Era aburridísimo.

Y el hombre alto no llamaba.

Solamente dos días fui capaz de aguantar sin llamar yo para enterarme al menos de su nombre, dije que era para invitarlo a un congreso de geriatría. «Ramiro Núñez», me contestó la voz gangosa de la mujer con pelo tirante que me recibió en el mostrador de la entrada. Y enseguida colgué con el corazón palpitante. Pero a otra cosa no me atreví.

A veces me daba rabia pensar que en la época de los rizofitas me las habría ingeniado como fuera para que el plazo entre el capricho de volver a verlo y su consecución hubiera sido mínimo; era capaz entonces de saltar por encima de cualquier escollo para darle gusto al cuerpo. Y, en último caso, lo de Ramiro Núñez era cosa del cuerpo, se trataba de alguien que me había despertado intempestivamente las ganas de gustar. Eso era todo, ¿no? «Bueno, despacio, también hay más cosas», razonaba en mis ratos de lucidez, «no olvides que en la historia que intentas acaparar encabezan el reparto como estrellas indiscutibles ella y el abuelo; por eso mismo tu papel no va a ser fácil, requiere mucho estudio y sutileza; eso sí, te pueden dar un Oscar de actor secundario, o lo tomas o lo dejas, pero rebaja tu ego. Ramiro no es un director de carril, lo sabes, te está probando desde lejos sin enseñar su juego. Además, ¿no es eso lo que te gusta de él?, pues desentumece la neurona. Si le llamas tú o le fuerzas a cualquier acercamiento, has perdido, será como matar la gallina de los huevos de oro.»

Otras veces, en cambio, me engañaba a mí misma obligándome a sentir una preocupación por el abuelo que no tardaba en revelarse como postiza. ¿Y si le pasara algo antes de que me presente a verlo?

Pero tenía que confesarme que no se trataba de apaciguar presuntos remordimientos ni de hacer compañía a un viejo más bien tiránico del que me había desentendido hacía mucho, sino de aceptar o no los riesgos que entrañaba aquel peculiar desafío lanzado por un desconocido al que ni siquiera estaba segura de haber interesado como mujer. Y además daba igual. Era una aventura, aun sin contar con eso. Y si me metía en ella —que ya lo estaba—, tenía que ser en plena forma, no expuesta bajo ningún concepto a remates de ignorante.

«Piénselo despacio. Necesitamos que ponga usted sus

cinco sentidos o no servirá de nada», me había dicho Ramiro al despedirse.

«Necesitamos.» Aquel plural la incluía a ella, ¿a quién si no? Y aunque no había reparado exactamente al oírlo en el significado de ese detalle, pensarlo a posteriori me erizaba la piel. Eran cómplices, no cabía duda. Yo le contesté: «Por supuesto. Las cosas se hacen bien o no se hacen, si me conociera no tendría que advertirme eso.»

Pero había sido un farol, ahora quedaba claro. No me estaba preparando en absoluto para suplantar a mamá, no me atrevía con ese papel. No me atrevía con ella, hablando en plata, a despecho de todas mis alharacas de insumisión, nunca me había atrevido a derribarla de su pedestal.

Y volvía a sonar como música de fondo aquel tamtam de lo desconocido, el enigma de su actual paradero.

–¿Dónde estás? –preguntaba a media voz con los ojos entornados y las manos en alto, imitando un gesto entre solemne y cómico que, según versión de ella, acompañó la voz de mis primeros «dóndes» infantiles.

Entraba de la terraza a la alcoba en penumbra y me quedaba de pie ante el espejo, «¿dónde?», y mirar mi silueta enmarcada por el resplandor de las azoteas concedía una garantía fantasmal a aquel gesto de niña curiosa revivido a través de la copia de quien me transmitió una escena protagonizada por mí, archivada con los propios recuerdos como si la hubiera visto, junto a los préstamos, testimonios y versiones laterales que aportan argamasa al pleito de vivir; así, a base de fragmentos dispares, se fragua la memoria y se va recomponiendo el destino. Parece ser que «¿dónde?» es la primera pregunta que formulé yo, la primera palabra con sentido que dije, «muy clarito, cargando el acento en la o y con mucho apuro, como si se te fuera la vida en saberlo, porque además no preguntabas por un dónde concreto, mirando a todos lados, eras tan cómica, parecía una investigación del mundo en general».

En el espejo oscurecido, iluminado tan sólo por las luces rojizas que llegaban a través de la puerta abierta de la terraza, mi imagen huérfana levantaba despacito las manos en alto, la veía zozobrar y arrodillarse, «haced esto en memoria de mí», cerraba los ojos como bajo los efectos de un bebedizo de cuento de hadas en espera de alguna transformación o revelación prodigiosa, ¿dónde? –decía entre dientes–. ¿Dónde está ahora quien me lo contó, de quién heredé el talento para imitar voces ajenas? Porque a algún sitio habrá ido a parar, eso seguro, aunque no nos volvamos a ver, aunque nos interroguen en celdas separadas como a Vidal y Villalba y su criado.

Abría los ojos al dormitorio revuelto, tedioso y enrarecido. Y tras aquella especie de ritual, rematado por la decepción, asomaba un término inquietante que ya me había golpeado desde niña y luego durante mis estudios de Historia del Arte, especialmente ante reproducciones de tumbas egipcias o asirias: el más allá.

Es imposible no figurarse ese reino de alguna manera, todas las religiones lo han hecho, no cabe zanjar la cuestión diciendo que son paparruchas. Yo, desde aquellas noches de principios de julio en que esperaba ser llamada a escena por el hombre alto, al guardián del más allá le atribuyo el rostro de Robert de Niro, por una película muy rara que vi en televisión de madrugada, ya medio dormida, no me acuerdo de cómo se llamaba ni de qué trataba, pero él se me quedó. Aparece peinado con fijador y raya, uñas largas, mirada pérfida y comiendo un huevo duro. Se incrustó como una lapa en mis conjeturas de esa noche, a modo de pájaro dibujado en un friso funerario, lo reconocí de inmediato y se salió de su película para meterse en la mía, sigue en ella, tenía cara de estar montando guardia en el límite. No quise saber más. Apagué la televisión. Yo el más allá me lo figuro como una especie de inmenso almacén aglomerado y escabroso, por algunos tramos al aire libre, por otros bajo techado. A veces he entrado allí en sueños, sueños donde, naturalmente, estaba muerta yo también.

Y te encuentras con gente que te remite a otra o se transforma en otra, de quien te acuerdas vagamente o nada, gente que te saluda apenas con una inclinación de cabeza, con ojos fijos y serios; de su historia no se quieren acordar ni que se la saque a relucir nadie, han decidido vender en almoneda los restos del pasado y cualquier brizna de esperanza. En general llevan sombrero. Están quietos, de pie o sentados, con su grupo de pertenencias delante como en el Rastro, y por esos objetos se les reconoce, pero nadie les compra nada. Don Luis Vidal y Villalba ofrece su cofre cerrado con retrato de mujer dentro, ya no se acuerda de quién era ella, no es capaz de separar mentiras de verdades, se le ha quedado la piel amarilla de las últimas fiebres y delirios, pobre hombre, tuvo un final horrible en una celda del Peñón de Gibraltar, con la razón totalmente perdida, pero ya no se acuerda. Nadie les compra nada, no, ni saben por qué llevan aquellas pertenencias consigo, tarjetas postales atadas con cinta, retratos, llaves, una funda de gafas de carey, envoltorios diversos, pero han circulado agarrando esos residuos de una olvidada identidad por galerías, callejones y riscos del más allá, perdidos, tropezando, hasta encontrar su hueco de quietud.

Los de aquí permanecemos entregados tenazmente a una serie de diligencias equivocadas y barrocas que nada tienen que ver con su internamiento y extravío. Avanzan ellos a duras penas tratando de no chocar con los demás a través de esa geografía lunar por la que Robert de Niro los va guiando, tal vez les explica que tienen que coger el metro y les da un plano con las diferentes líneas, paradas y posibilidades de transbordo.

De vez en cuando se ven campos de concentración de los que sale una luz fluorescente, son los refugiados que llevan allí más de cinco siglos, aproximadamente de la Reconquista de Granada para atrás.

Al investigador de todas estas muertes, cuando intenta bajar a meter la nariz, también lo recibe Robert de Niro con sus uñas largas, su pelo engominado y vestido de luto riguroso.

–¿Investigación, excursión programada o simple formalidad? –pregunta con su rictus sardónico.

–Investigación.

Te alarga un boleto negro donde viene escrito en letras amarillas: «Abandona toda esperanza. A los muertos hay que dejarlos irse.»

VI. DIME LO QUE SEA

–Pero a ti te está pasando algo –dijo Tomás–. Vuelves a divagar igual que cuando te conocí.

Su tono de voz era un poco de especialista ante la reaparición de síntomas que alteran un cuadro clínico y dan al traste con la mejoría iniciada. El iris de mis desmesuras narrativas se ofuscó.

–Lo dices como si te preocupara. ¿Te preocupa?

Hubo un silencio a través del hilo. Si una virtud tiene Tomás –que tiene muchas–, es que nunca contesta por contestar. Al menos a mí es la que más me frena y me sirve de antídoto, aunque a veces me pone nerviosa su excesivo afán de puntualización. Veo venir el nublado.

–Te he hecho una pregunta –me impacienté.

–Te he oído, lo estoy pensando. Ya sabes que explicarme por teléfono no es mi fuerte. Y menos a estas horas. No es precisamente que me preocupe. Bueno, no creo que sea eso. Además se trata de ti, como casi siempre, no de mí. De que a ti te siente bien o no.

–Pero que a mí me siente bien ¿qué? Pareces un médico. Dime lo que sea, venga.

Percibí un ruidito que hace chasqueando con la lengua, como de tedio. Mis «dime lo que sea» son estallidos de susceptibilidad y, por implorantes que parezcan, él

61

sabe y yo también que no ofrecen ranura abierta al diálogo, sino ademán de gato que se eriza a la defensiva. Me enfadé por haberlo dicho, pero necesitaba inventar otro soporte para dejar trepar mi ira. Por ejemplo, su silencio, que continuaba.

–¿Sigues ahí?

–Sí.

–¿Qué has dicho? ¿Has dicho «¡uf!»?

–Pues mira, no. Pero es una buena sugerencia. ¡Uf!

Miré el reloj. La una y cuarto de la madrugada. Era yo quien le había llamado para soltarle de buenas a primeras una de mis peroratas de duermevela relacionada con Robert de Niro y sus huéspedes del más allá, sin preguntarle si le había despertado ni si le fascinaba oírme desbarrar. Soy desconsiderada, lo admito, mejor dicho lo admito muy mal, como casi todo lo que no me embellece. Ahora él me dejaba más en paz, por lo visto el trabajo se le había complicado y no podría volver a Madrid tan pronto, pero ya no insistía en que fuera a verlo. Aquel «¡uf!» fue como una cuchillada y me hizo imaginar lo inimaginable: que pudiera estar en la cama con otra mujer. Naturalmente no se lo iba a preguntar, quedó pactada desde el principio una total libertad en ese terreno, y sin embargo yo daba por supuesto que Tomás no hacía uso de ella. ¿Por qué? Era una seguridad temeraria y apoyada en el vacío. ¿Por qué no podía pasar eso? ¿No llevaba yo varias noches con tentaciones de salir por ahí a ligar, acordándome de Roque o soñando con Ramiro Núñez? Eso por no ponerme a hacer repaso de otras infidelidades anteriores que quedaron más o menos inconfesadas. Aún no he adivinado si Tomás es celoso o no; de su alma deja traslucir poco, a mí me ha dado por establecer que no es turbulenta como la mía.

«Para eso no hay leyes estrictas», dijo en una ocasión. «Yo, si te traicionara, te lo contaría. Tú haz lo que te parezca.» Yo me tomé a broma su retintín solemne. «La palabra "traición" se pronuncia sin que suene, ¿lo sabías?, como en el cine mudo, ojos desorbitados y mano al corazón, hay que poner boca de Mary Pickford, mira, así.» Me besó, se rió mucho y dijo que por qué no me dedicaba al teatro. Era al principio.

¿Pero me lo contaría de verdad si pasara? ¿O tendría a estas alturas un concepto distinto de la traición? Aunque no suele cambiar de punto de vista sin explicar por qué, es cierto que yo tampoco le dejo mucho desahogo para explicarse, desvío las conversaciones a mi antojo y eso puede hartar. Con su «¡uf!» acababa de añadir un punto de sofoco al aire viciado que el ventilador desplazaba perezosamente sobre la cama contrahecha de tantas sucesivas visitas y deserciones, un puro montículo toda ella. El aparato de refrigeración llevaba días estropeado, había que llamar para que vinieran a arreglarlo, pero qué vulgaridad pensar tanto en el calor, y echarle la culpa de los nervios, son recursos de comedia barata. Tomás en Cazorla no pasaba calor o al menos no lo mencionaba, y sin embargo había soltado un ¡uf! muy elocuente, imaginé el pliegue de sus labios, tiene una boca bonita, es un tímido de los que pueden gustar, y mejor sin bigote.

La idea de que pudiera no estar durmiendo solo la sentí llegar furtivamente como un insecto venenoso y me quedé al acecho, ahora subía reptando por la colcha, abriéndose paso entre los montículos y objetos dispares, se estaba acercando al teléfono, la aplasté con una revista ilustrada, era una araña peluda y se quedó pegada al escote de Estefanía de Mónaco, muerta me daba más miedo. Necesitaba beber algo.

—Tomás —dije dulcemente—. Espera un poco, ¿vale?, no me cuelgues.

Se oyó un leve crujido como de cambio de postura,

yo estaba en desventaja al no conocer su habitación. Se suele quedar dormido leyendo el periódico.

—¿Colgarte? ¿Cuándo lo he hecho? —preguntó en un tono entre reticente y sufrido que avivó sin transición mis ganas de bronca apenas aletargadas—. Recordarás que no es mi estilo.

—¡El mío sí, ya lo sé! Y dar portazos, y despertarte sin piedad y avasallar y cambiar de conversación y no escucharte jamás, tú eres perfecto, de acuerdo, un ser mesurado y racional, no me explico cómo aguantas a semejante histérica.

La rúbrica habría sido colgar yo, pero no lo hice, y sobrevino otro silencio empantanado, éste ya de los francamente insoportables; si no quería que la araña resucitara, se imponía la rapidez de reflejos para inventar una pirueta divertida que nos sacara del hoyo, la cosa más urgente era escuchar su risa, lo supe. Tenía la garganta seca, un poco de náusea y las piernas entumecidas, pero me dispuse al salto. Él no iba a dar ninguno. Conozco su capacidad de resistencia ante las situaciones embarazosas.

—¡Uuuuff! —exclamé alargando cómicamente la u, como si imitara a un lobo—. Me pongo dostoievski, ¿a que sí?

—Más bien sí. Pides disculpas como si tiraras piedras.

—Pero no lo digas tan serio, hombre, ¿no ves que estoy echando un poco de disolvente? Vamos a darnos las buenas noches sin que quede mancha. Repite conmigo: «Te pones dostoievski.» Basta con eso.

Se echó a reír tenuemente, aunque no sé si con muchas ganas. O tal vez es que no quería despertar los celos de su compañera. Reírse con otro es el mayor síntoma de amor.

—Te pones dostoievski —dijo.

—Pues buenas noches. Y perdóname. Ando hecha

unos zorros con el calor. De verdad que estos días en Madrid no hay quien pare. Era lo lógico que hubiera replicado: «¿entonces por qué no vienes?», o en plan más agresivo: «sarna con gusto no pica», pero estaba claro que no tenía interés en alargar la polémica.

–De todas maneras –comentó suspicaz–, supongo que habrán ido a arreglar lo del aire acondicionado.

Le dije que sí, aunque era mentira, y el asunto pendiente de llamar a la casa Panasonic vino a espesar mi desazón. Tenía cartelitos pinchados por todas las habitaciones para acordarme y me aburría muchísimo verlos. Me preguntó que si ya no hacía ruido, le contesté que no y se limitó a darme las buenas noches sin más comentarios. La araña movía un poco las patas.

–Sólo una pregunta, Tomy –le dije antes de colgar–. ¿Verdad que cuando nos conocimos te gusté porque divagaba y cosía la verdad con hilos de mentira? Esa metáfora es tuya, no la invento yo. Igual reniegas de ella ahora.

–No, mujer, no reniego de nada. Pero no vuelvas a darle coba a esas historias, ni a ninguna que te pueda agobiar. Anda, tómate una pastilla para dormir y mañana empieza el cuaderno sobre Vidal y Villalba.

–Conforme, jefe.

Esperó a que colgara yo. Me costaba trabajo respirar. Pero sobre todo tenía mucha hambre, y ya otras excursiones a la nevera me habían informado de su estado carencial. Desprecié un vaso mediado de whisky donde ya no quedaba hielo y decidí largarme al bar Residuo que tiene la cocina abierta hasta muy tarde y los dueños son gente maja. Llevaba varios días alimentándome fatal y exagerando con el alcohol y el café.

Mientras me quitaba el pijama y cogía un par de prendas tiradas encima de una butaca, me di cuenta con cierta alarma de que era la tercera vez a lo largo de la noche que se repetía aquella misma escena. Ah, no, pues ahora, guapa, no vas a dejarla sin rematar —me amonesté en voz alta—, a la tercera va la vencida, ya está bien de «tomar indecisiones» como tu padre, que en eso os parecéis. Sonreí. «Ismael, no tomes más indecisiones por hoy.» Solía decirlo ella, antes de que se separaran sería, porque luego poco volvió a mencionarlo ni para bien ni para mal, yo tendría dieciséis años, ¿o menos? No quería hurgar en las fechas, pero aquella frase que salía a flote como un ahogado me llevó a «tomar la indecisión» de visitar a mi padre al día siguiente. Lo apunté en un papelito amarillo con borde adhesivo —«Visitar a papá»—, y lo pegué en el espejo del baño encima de otro donde ponía «Panasonic». Me recogí el pelo y me pinté un poco los ojos. Me vi mala cara, tipo perversa de cine antiguo.

De pronto se produjo una especie de desdoblamiento, como si hubiera perdido mi identidad de pareja de Tomás, sin dejar por eso de moverme con soltura por aquella casa que conocía y de la que tenía una llave. Pero qué raro, yo entré aquí para una noche, estaba bastante trompa, Tomás mucho menos. Había un gran tablero de dibujo que ya no está, aquella superficie inclinada era lo primero que se veía nada más abrir la puerta, me pareció un sitio como otro cualquiera, ¿por qué sigo aquí?

Se avecinaba otra remesa de preguntas relacionadas con el antes, el después y el mientras, no las quise incubar bajo techado.

¡Largo, basta de encerrona! La calle abre otra perspectiva, ¿no lo sabes ya?, da pie para bajar a bosques inexplorados, es calle, pasa gente que también va perdida en su propia espesura, y sobre todo en la nevera no hay ni lampo y tú tienes hambre, ¿no?, pues date prisa antes de que cierren el Residuo, no te enredes más en círculos viciosos de interior. ¿Qué importa ahora cómo conociste a Tomás? Necesitas comer algo caliente. Otro día repasarás esa etapa de tu vida, si es que vale la pena.

Salí casi huyendo.

VII. CUATRO GOTAS DE EXISTENCIALISMO

Los dueños del Residuo son una veinteañera morenita con muchos bucles conocida por La Duquesa y dos chicos mayores que yo, no sé hasta cuándo los seguiré llamando chicos, Quique ya está calvo y tiene barriga, Moisés lo lleva mejor en cuanto al físico se refiere, pero neura, me temo. Antes gastaba barba. Es de esas personas con las que se ha coincidido en la tira de sitios sin llegar a saber cómo se llaman ni a qué se dedican, en algún autobús de la Universitaria, en el entierro de Tierno Galván, en conciertos de los de encender mechero, haciendo cola en los Alphaville, en la manifestación anti-OTAN, en Chicote; y a la barba rubia le van saliendo canas y luego se la afeita. Que tuviera un bar no lo sabía y tampoco me pegaba, la verdad, creí que sería periodista o profesor, hasta que una compañera mía del archivo que sabe que me aburre la cocina y más de noche me dio el dato del Residuo, porque ella vive cerca. Desde entonces vengo bastante, alguna vez con Tomás, pero generalmente sola. Son melancólicos y discretos, ella algo más bullanguera, se llama Trilce. No tienen televisión ni máquina tragaperras. Trilce es de una buena familia andaluza venida a menos y hace unos guisos sabrosos de mucho llenar, recetas de su abuela, mujer experta en quitarles el hambre a camadas de nietos.

Trilce cuenta anécdotas de ella a poco que se presente la ocasión, cada nuevo guiso arrastra una historia o feliz ocurrencia de doña Amparo, que es de quien partió, según parece, la idea de montar este negocio. Lo que no sé es cómo ni cuando conoció Trilce a sus socios, a los que gasta bromas cariñosas, índice de gran familiaridad. Viven los tres en un ático cerca del local, pero no creo que sean parientes.

En cuanto me comí un plato de albóndigas y un trozo de tarta de queso, me invadió un cansancio obtuso. Miraba las paredes decoradas con fotos de artistas de cine y músicos de jazz y no podía soportar la idea de que me echaran de allí, aunque flotando a la deriva en aquel clima submarino no me sintiese menos vulnerable que en casa, debían estar a punto de cerrar, ya sólo quedaba un cliente en la barra y otro sentado, no hablaban, ¿qué tengo yo que ver con este sitio ni con la historia de sus dueños?, ¿quién me echaría de menos si dejo de venir?

Y, sin embargo, tuve que reconocer que mucho peor sería estar luchando por compartir mi insomnio con Tomás en un apartamento de ocasión, y que realmente me daba igual que se hubiera quedado dormido abrazando un cuerpo distinto del mío, incluso imaginé el alivio que me produciría, como otras veces, desprenderme sigilosamente de ese abrazo y buscar a tientas cualquier hueco en la pared, ansiosa de un cóctel de estrellas. Qué cosa más triste, ni un bar cerca, ni una farmacia de guardia, todo cerrado, afuera oscuridad y árboles moviendo sus brazos en torno a la fachada, el ruido de alguna moto a lo lejos, y dentro nada, no esperes en este tipo de refugios una estantería con libros imprevistos, ni siquiera un vil flexo, decoración ramplona, todo lo más una nevera minúscula con botellines y almendritas, veneno no tienen, nunca piensan en serio en las necesidades del cliente.

Miré el teléfono público al fondo, junto al pasillo que lleva a los servicios, verde, nimbado por una hornacina de plástico, y no me decía nada ni me invitaba a nada. La conexión con un dormitorio abstracto de la provincia de Jaén se me reveló bajo su aspecto más rutinario y despiadado, exenta por completo de consuelo. Entonces, ¿qué quería? Era de esas veces en que la desazón se siente crecer como una marea brava y se sabe que sólo abandonándose a sus bandazos la inteligencia se va a aguzar hasta ver las cosas tan claras que casi dé miedo.

Es duro de aceptar lo casuales que somos, nuestra incapacidad para transmitir a otro más que remedos de un ánimo mutable; y aceptar al mismo tiempo los gestos y balbuceos con que tratamos de acercarnos obcecadamente a quienes hemos supuesto que forman parte de nuestra historia. Oír la voz de Tomás rebotando contra la mía se había convertido en una especie de respiración mefítica, el aire sigue entrando hasta que el pulmón se carcome, pero no sin avisar antes algunas veces del peligro e inconsistencia de nuestro afán. Y era una de esas veces.

–¿Te apetece que te ponga un fado? –me preguntó Moisés desde la barra–. Tienes cara de fado.

Salí de mi abstracción para mirarle. Ya se había ido todo el mundo. Estábamos solos. Y sin embargo no amenazaba con echarme, me retenía. Fue como si saliera el sol.

–No, oye, mejor música caribeña. Y un café, por favor, que me estoy amuermando.

Cuando me lo trajo, ya sonaba la voz aterciopelada de Benny Moré. Tienen una instalación musical muy

71

buena. Me preguntó que si se podía sentar conmigo. Asentí vivamente.

–Sería terrible –le dije– que en este momento no estuvieras de verdad existiendo. ¿Existes? Dame un beso a ver.

Y, ante su gesto de extrañeza, añadí:

–Perdona, son efectos de una claustrofobia pertinaz; que no podía salir de casa, oye, y lo estaba deseando. ¿Cuánto tiempo llevo aquí?

–Como hora y media –dijo mientras se inclinaba a besarme–. Pero tranquila.

–No me echas, ¿verdad?

–No, mujer. Lo que voy a echar es el cierre antes de sentarme. Quique y Trilce han hecho caja y ya se han ido. Pero a mí también me viene bien charlar un rato. No tengo sueño. A fin de cuentas, todos somos náufragos. ¿Qué pasa? ¿Tu novio no está?

–No. Pero no es eso –dije en voz baja.

... ¿Y qué era? Me lo pregunté mientras lo veía de espaldas echando el cierre, segura de que no me había oído. Algo era. Tomás, que barrunta las sombras desde lejos, me lanzaba de nuevo sus palabras: «a ti te está pasando algo», no me quise agarrar a ellas cuando las dijo, fui yo quien desvió la conversación hacia una riña tonta; pues sí, algo me estaba pasando, algo profundo y oscuro como un corrimiento de tierras cuya amenaza aún imprecisa obliga a soñar con un puerto donde dormir al resguardo de todo vaivén; anclarse, ¿pero dónde?, yo no conocía ningún sitio realmente de fiar, tal vez lo había conocido, pero eran paisajes por los que no corría el aire, estancados en fotografías traspapeladas, un jardín con hamacas, una fachada cubierta de hiedra, un payaso de hojalata, un río, un despacho con la chimenea encendida, caballos al galope, había llovido mucho encima de esas imágenes, se desdibujaban tras una cortina de agua imparable, el diluvio universal.

–A estas horas se está bien aquí –dijo Moisés sentándose–. Hoy ha sido un día duro.

Le sonreí, repentinamente a flote en aquel refugio provisional. Se había preparado un daiquiri.

–Sí –dije–. Muy duro. Sobre todo por la falta de secreto.

Son cosas que me salen sin pensar, Tomás las llama excrecencias, las digo y me parecen tan raras que no suelo esperar reacción. Pero Moisés la tuvo.

–Es fantástico –dijo–. ¿Quieres creer que hace un rato estaba pensando eso mismo? Vamos a ver, ¿de qué tiene sed la gente?, se me ocurrió mientras servía en una mesa, preguntas de cantinero aburrido, porque además hoy ha pasado por aquí una parroquia muy vulgar, ha habido partido en el Bernabeu, venían alborotados y espesos, y de pronto digo: «sed de secreto», así, como un flash, me pareció un título bueno para una canción o algo, y ahora sales tú con eso, qué raro, ¿no?

–A mí no me extraña. Es que todo es muy raro, en cuanto te fijas un poco. Lo raro es vivir. Que estemos aquí sentados, que hablemos y se nos oiga, poner una frase detrás de otra sin mirar ningún libro, que no nos duela nada, que lo que bebemos entre por el camino que es y sepa cuándo tiene que torcer, que nos alimente el aire y a otros ya no, que según el antojo de las vísceras nos den ganas de hacer una cosa o la contraria y que de esas ganas dependa a lo mejor el destino, es mucho a la vez, tú, no se abarca, y lo más raro es que lo encontramos normal.

De pronto, lo que le decía era lo de menos, porque se había ido creando una riqueza suplementaria que afluía atropelladamente de la música de Benny Moré y ensordecía el otro cauce. Me callé porque no podía hablar de tantas cosas al mismo tiempo sin entenderlas primero, necesitaba concentrarme yo sola en aquella nueva extrañeza que había sobrevenido. A Benny Moré le atribuía unos orígenes de cubano pobre que se agarró al ritmo criollo para escapar de la miseria, una biografía de las de cuesta arriba y mucho ron, tal vez lo estaba confundiendo con otro, creía casi seguro que ya se había muerto, pero en todo caso el momento desde el que lanzaba su voz no era el de su intersección en el Residuo ni sus oyentes nosotros. Me lo imaginé cantando en un local al aire libre al que puse estrellas, palmeras y un cercano latido de playa tropical; y las parejas mirándose a los ojos, sintiendo como algo indiscutible y liberador el ritmo del cuerpo joven que se acopla a la música, a donde esto nos lleve, ya no se para, no se puede parar, fecha indecisa, grabación en directo, se oían aplausos al final de cada melodía. Aquella noche que se metía intempestivamente en la nuestra podría haber dado ocasión a que se procrearan niños mal nutridos que ya tal vez estuvieran rozando la delincuencia en un pueblo sudamericano mientras sus madres envejecían añorando aquel baile sensual y encendido.

A mí, en cambio, la irrupción de Benny Moré me alejaba de mi compañero eventual, que, alentado por mis comentarios sobre lo raro que era vivir, se había puesto a hablar de Kierkegaard. Podría haberle interrumpido para sacarle a bailar o para explicarle lo que estaba pensando, pero hablar de más trae peligro y aquel momento especial surgido entre Moisés y yo proponía un salto que no me apetecía nada dar, su cuerpo no me invitaba al riesgo, simplemente era eso. Me imaginé llegando con él a casa, quitando la ropa y los libros de encima de la cama deshecha, atenuando la luz de la lámpara, disculpándome por no tener bebida, tal vez incluso contándole que mi casa no era aquélla, que aún no había encontrado mi sitio en el mundo, y me horrorizó. ¿En qué consiste darse cuenta de que alguien no te apetece para la cama?, no sé, pero no tiene vuelta de hoja, se trata de una noción fulminante y ya. Cuando le dije: «dame un beso», aún no se me había planteado siquiera un dilema que ahora se despejaba sin controversia posible. Para fundirme con Benny Moré, vivo o muerto, Moisés no me servía. Afortunadamente él no daba señal alguna que me aconsejara ponerme en guardia; circulábamos por senderos divergentes, eso era todo, y el suyo se encaminaba hacia una meta de contornos brumosos: la filosofía existencialista. Llevaba rato en eso, mientras Benny pedía apasionadamente «baila mi son».

Frente a las corrientes de estirpe platónica que culminan en Hegel, se inicia una atención hacia el propio existir como núcleo de especulación filosófica. Yo le escuchaba a medias, tamborileando con los dedos sobre la mesa, y cuando nuestros ojos se encontraban se acentuaba la lejanía. El primero en plantearse la extrañeza ante el vivir fue Kierkegaard, se anticipó a Sartre y Heidegger, pero es que ahora la gente ve todo eso como una antigualla, ¿te das cuenta?, y está de rabiosa actualidad. Vaya —pensé—, se quiere lucir o desahogar el tedio de una tarde interminable sirviendo copas, y lo entendí; a mí los camareros me parecen heroicos, siempre lo digo, no entiendo cómo pueden ser amables con los pelmazos que vamos allí a beber. Me confesó que nunca había abandonado la idea de escribir un libro donde se enfocara la filosofía existencialista desde hoy, una idea ya acariciada en los primeros años de facultad y que había ido cambiando, porque también el «hoy» es distinto a cada poco, ¿no encontraba yo que la gente joven se había vuelto mucho más nihilista?, cuando acabó la carrera tenía mucho material para el libro, pero era otro el cariz de los pasotas, empieza porque ni se llamaban pasotas todavía, luego la vida te lleva a donde no quieres, él había

75

tenido que ponerse a trabajar pronto en lo que le fue saliendo, qué remedio, eran muchos hermanos en una familia de pocos recursos y encima retrógrada, «a mi padre», dijo, «lo sacudes y caen bellotas, mejor no discutir con él ni pedirle nada», ahora llevaba un año que había vuelto con el proyecto del libro, madrugaba y se iba todas las mañanas un par de horas a la Biblioteca Nacional, el mejor rato del día, en casa te distraes, y además él tenía poca fuerza de voluntad, quería partir de *El concepto de la angustia* de Kierkegaard y bajarlo a la calle, que es donde se palpa la angustia. «Bueno, en casa también se palpa», dije yo; pero no lo tuvo en cuenta, él seguía con sus apuntes. La angustia nace de la conciencia de mortalidad –dijo–, todo viene de ahí, de que nos vamos a morir, y cuando lo pensamos siempre nos extraña, es como apearse de las nubes. Se ha escrito mucho sobre el tema, eso desde luego –remató mientras se oían los últimos acordes de «Fiebre de ti»–, pero siempre se puede dar una versión original y llamativa, ¿no te parece?, y me miró por primera vez como esperando una opinión. Dejé asentarse un poco la pausa.

–Yo creo –dije– que lo más llamativo sería escuchar el testimonio de alguien que ya se hubiera muerto, a ver qué decía, pero es difícil porque no vuelven, sólo alguna vez en sueños y no siempre da tiempo a apuntar sus palabras, porque hablan, claro, pero se olvida, se dice «era un sueño» y en cambio no se te olvida que tienes que pagar la factura del teléfono. Ellos son los únicos que saben lo raro que era vivir, lo han entendido cuando ya no pueden contarlo en ningún libro.

Moisés se quedó silencioso y se fue a la barra a servirse otro trago. La cinta de Benny Moré ya se había consumido y yo me empezaba a aburrir un poco, miré la hora, me voy a ir yendo, ¿sabes?, no, mujer, con lo bien que estamos hablando ahora, ¿qué prisa tienes?, toma una copa, no me apetece, pero quédate mientras yo me la tomo, bueno, un ratito mas.

Y Moisés volvió a sentarse enfrente de mí, ya sin música de fondo. Lo malo, dijo, es no tener con quién compartir lo que voy repasando sobre el tema, me estoy quedando muy aislado; le pasa a todo el mundo, dije yo. A veces veía bastante claro el esquema del libro y se animaba, pero −cosa curiosa− casi eran más difíciles de aguantar a solas los trances de euforia que los de náusea. Y ya pasó a Sartre directamente como era de esperar. ¿Me gustaba *La náusea?*

−Bueno, no sé, me agobia un poco. Es todo tan sin salida, y, sobre todo, hay poco humor. Yo en las novelas necesito algún soplo de humor.

¿Poco humor? ¿En qué sentido? Pues él, en cambio, se declaraba hermano de Antoine de Roquetin, y también de Heller, el personaje de *El lobo estepario,* eran sus modelos literarios preferidos, los envidiaba sobre todo por haber sido capaces de prescindir de la familia, ¡qué cruz la familia!, él ahora estaba ayudando económicamente a un hermano pequeño ingresado en un centro de rehabilitación para drogadictos, y lo peor es que entendía que se hubiera metido en eso, ¿cómo no lo iba a entender?, si lograba escribir el libro se lo pensaba dedicar a su hermano, precisamente lo que quería retratar era esa confusión y desesperanza que lleva a callejones sin salida, se sentía más cerca de su hermano que de sus padres, encerrados los dos en una especie de fortín, unidos solamente por la tendencia a escandalizarse de todo y el horror a que algo los salpicara, eso y el dinero era lo único que tenían en común, porque no se querían nada, se odiaban sin saberlo entre bostezos y frases de vinagre, pero ellos no tenían la culpa, en el fondo también le daban pena. Y, por otra parte, ¿qué se podía ofrecer a la gente joven?, ¿lo sabía yo?

Moví la cabeza negativamente, al fondo, contra la pared, se besaban Vivien Leight y Clark Gable en una escena de *Lo que el viento se llevó*. Moisés acababa de cumplir cuarenta y dos años y se sentía muy viejo, echaba de menos la luz, aunque fuera fugitiva, de un momento extraordinario, como los que soñaba Anny, la novia de Antoine de Roquetin, en *La náusea*, suspiró, la voz se le había ido apagando.

–Ya. El momento extraordinario. Es lo que echamos de menos todos –dije yo.

Pero no me sentía oprimida. Hubo un silencio redentor, lleno de cuerpos gaseosos que pedían ser abrazados. Moisés se excusó del rollo que me había metido, pero es que hacía mucho tiempo –dijo– que nadie le escuchaba con tanto interés; me preguntó que si me apetecía ahora un daiquiri y le dije que sí.

–Por favor, cuéntame algo tú –me pidió, cuando me lo trajo.

–¿Algún cuento de momentos extraordinarios?

–¡Ojalá! Si supieras alguno...

Cuando me quise dar cuenta, estaba tomando a sorbos lentos mi daiquiri y hablando, también a sorbos lentos, de mi madre, de una vez que veníamos juntas en una motora con unos amigos y el mar se alborotó. Corrimos mucho peligro aquella tarde, olas como montañas, y ella de pie, animando a todo el mundo, el sol se estaba poniendo y de cada pulverización de espuma en el aire brotaba un arco iris pequeñito, como si los colores se desenterraran del corazón del mar, y el miedo se convertía en éxtasis. Lo que no le dije a Moisés es que yo tenía doce años, se lo contaba como si fuera una excursión reciente, del verano pasado a lo sumo, peinada tal como llevaba el pelo esa noche, con el mismo vestido, escuchaba mi voz alegre y clara describiendo aquellos arrecifes contra los que la barca estuvo a punto de ser despedida, y renacíamos ella y yo azotadas por la misma borrasca, riéndonos juntas, amparadas, intemporales, al borde de la muerte; y un golpe de huracán se llevó su sombrero. Un ejemplo de momento extraordinario, ¿no te parece?

Los ojos de Moisés se habían ido llenando de luz y supe, como los borrachos al límite de esa copa detrás de la cual ya no podrán pararse, que de lo que yo tenía verdadera sed era de mentir.

–Me das envidia –dijo–. Yo con mis padres siempre me he llevado fatal. ¿Cuántos años tiene tu madre?

–Dos meses y algún día. Son los que lleva muerta.

El rostro de Moisés se ensombreció como ante el final desgraciado de una novela. Yo bajé la mirada a la mesa y en torno a mi copa empezaron a encenderse lucecitas sugestivas. Azules, rojas, verdes. Tenía que seguir la pista del argumento inesperado que se me acababa de ocurrir para atizar la sed de aquellos ojos donde empezaba a pintarse la desilusión y que parecían pedir algo más, otro capítulo. Prepararía una bebida fuerte, ¿por qué no atreverme a hacerlo? Moisés y yo apenas nos conocíamos y tampoco iba a ponerse a investigar la verdad, simplemente estaba ansioso de narración extraordinaria. Sería una forma gloriosa de dejar atrás un día tan chato, tal falto de pasión y de secreto. Le miré. Estaba emocionado.

–¡Cuánto lo siento! –dijo–. Lo estarás pasando fatal.

Bebí el último trago de daiquiri y eso me decidió.

–Pero es que además... –dije–... Bueno, nada.

Sus manos avanzaron con delicadeza y decisión a cubrir las mías. Se oyeron unos pasos en la calle. Luego se alejaron. Moisés contenía la respiración.

–Además, ¿qué? –preguntó en un susurro.

–Prométeme que no se lo vas a contar a nadie. Que se quedará entre tú y yo.

–Te lo juro.

–Además..., ella no sabemos cómo ha muerto. Eso es lo más grave.

—¿De verdad?

La palabra verdad se quedó flotando como una nube deshilachada sobre las botellas alineadas al otro lado de la barra, viajó luego a nimbar las cabezas de Clark Gable y Vivien Leight, serpenteó pegada al techo, el local mismo ya no era de verdad.

—¿Qué has querido decir? —insistió Moisés, en vista de mi silencio.

—No sé, estoy muy aturdida. De momento, todo son sospechas. Se ha abierto una investigación policiaca. No tenía que habértelo dicho, no te vayas a ir de la lengua, por Dios.

Me puse de pie asustada. Tenía que parar. Me lo estaba creyendo. Pero el fulgor que irradiaban los ojos de Moisés me pagaba con creces. Le pedí que me disculpara y que, por favor, no me hiciera más preguntas. Me tenía que ir, no me encontraba bien. Me acompañó hasta el coche, silencioso y fascinado, rozándome apenas el codo con la mano para cruzar la calle. Si tenía sed de secreto, le había inyectado una buena dosis. Pero también me daba cuenta de que yo me había cerrado para mucho tiempo, tal vez para siempre, la puerta del Residuo.

—Por favor, olvida lo que te he dicho —le pedí, a través de la ventanilla.

—No te preocupes de eso. Cuídate. ¿Seguro que te encuentras bien y puedes conducir?

—Seguro. Muchas gracias por la compañía. Por cierto, qué despiste, no te he pagado.

Detuvo con un gesto mi ademán de rebuscar en el bolso.

—Déjalo, me pagas mañana. Vuelve mañana, te espero, ¿vale?

Saqué la cabeza para darle un beso pero no le prometí nada.

Antes de volver a casa di un rodeo largo y sin designio. Era muy tarde y las calles estaban casi desiertas y recién regadas. Algunos semáforos en rojo me los saltaba pisando fuerte el acelerador, estremecida de placer. Unas briznas de aire fresco entraban a alborotarme la melena.

Hubo un momento en que me asaltó la tentación de acercarme al barrio de mi madre y pasar despacio ante su casa, tal vez las luces del piso quince estuvieran encendidas y se vislumbraran bultos sospechosos en el interior a través de los ventanales. Esperaría apostada en la callejuela de enfrente con los faros apagados. Reaccioné casi enseguida y di un viraje brusco en dirección contraria. Me temblaban un poco las manos.

–¿Será posible? –me dije–. Estoy tan loca como él, todo se contagia. ¡Voy a acabar como Vidal y Villalba!

VIII. UN GATO QUE ESCUCHA

Había estado un buen rato dudando entre llamar por teléfono o presentarme sin más, y creo que la segunda opción –menos comprometedora por ser la más absurda– se me debió imponer de improviso y sin que yo me diera cuenta, porque hasta llegar a la salida de Madrid por la Moncloa no me acordé de adónde iba. Un taxista me estaba dando bocinazos para avisarme que llevaba mal cerrada la portezuela de la derecha, remedié el desaguisado, le di las gracias con un gesto, y es cuando vi encima de la guantera el papelito amarillo «Visitar a papá» pegado a una hoja de bloc con el plano que me había dibujado él de cómo llegar a la urbanización adonde acababan de mudarse a finales de abril, cuando mamá murió, estaba más allá de Las Rozas. No se trataba de una casa para los fines de semana, me había aclarado en aquella ocasión, sino de una mudanza definitiva, Montse no soportaba los ruidos de Madrid, «pero te vas a pasar el día en la carretera, ¿no?», se encogió de hombros «nada es perfecto, hija, ya lo sabemos, pero tiene sus ventajas», con una sonrisa que al recordarla rezumaba cansancio, sumisión y vejez incipiente.

Me perdí y llegué tarde. No porque me oriente mal, sino porque iba un poco sonada. La madrugada de aquel mismo día, al volver del Residuo, había empezado el cuaderno sobre Vidal y Villalba, y me había dado cuenta de que se abría un periodo –no sabía si largo o corto– en que el insomnio había vencido la cuesta escarpada de los misterios dolorosos para iniciar el camino florido de los gozosos.

Cuando empezó a amanecer estaba tan espabilada que había tenido ánimos para recoger la cocina, la parte más fresca de la casa, limpiarla a fondo y habilitarla como despacho provisional. Traje un flexo que sustituyó a la batidora, y arrimé la gran mesa a la ventana. Nunca se me había ocurrido escribir allí, me parecía un milagro verla despejada de chismes culinarios, convertidos en libros y carpetas, haber sido capaz de crear un espacio tan mío sobre la geografía de otro que nunca dejó de rezumar tedio ni de imponérseme como ajeno. Inventarle nuevas posibilidades era como acariciar a un enfermo abandonado y lograr arrancarle una sonrisa.

Procuré que los objetos que necesitaba y que iba trayendo sin prisa de los otros cuartos compusieran un conjunto armonioso, libros, pisapapeles, el fichero, el reloj, una bandejita para los lápices y hasta un capullo de rosa –cortado de la terraza– dentro de un florero. Gerundio, el gato gris atigrado en blanco y canela, me seguía los pasos maullando y frotándose contra mis piernas. Le puse un cuenco de leche, se la bebió relamiéndose los bigotes y luego de un salto se encaramó a la mesa y se acomodó sobre una *Historia del reinado de Carlos III* con tal elegancia que no fui capaz de decirle ¡zape! Parecía un tótem. Toda el alma de aquella estancia, poco antes inhóspita, se desperezaba y revivía.

Abrí el cuaderno y me senté. Primero, como preludio, una mención a Tupac Amaru. Durante un rato me mantuve inmóvil, respirando acompasadamente, con los codos sobre la mesa, la frente apoyada en las manos y los ojos cerrados, como si estuviera en oración. No sentía ni gota de sueño pero sí ese aleteo de irrealidad que precede a las sorpresas, de vez en cuando entreabría los párpados, y la luz del flexo resbalando por el lomo aterciopelado de Gerundio parecía enviar en lenguaje cifrado ciertos avisos que encontraban eco en su dulce ronroneo más humano que felino. Hasta que me di cuenta de que era con él con quien necesitaba hablar antes de ponerme a escribir nada, que se había subido allí para escucharme y que si le contaba la historia de Tupac Amaru como a un gato de cuento de hadas, no sólo la entendería sino que tal vez me ayudase a entenderla mejor a mí con la aportación de algún dato secreto. Levanté los ojos y nos miramos.

—De acuerdo —dije—. Petición atendida. Enseguida empiezo, pero espera, a ver por dónde...

Luego me rodeé de los papeles y fichas donde estaban las citas más sabrosas sobre aquella narración preliminar y los coloqué en forma de medio arco entre mi cuaderno y el pedestal de libros sobre los que él se había encaramado. Me miraba preparar aquella especie de baraja de nigromante entornando los ojos verdes y sabios.

—Verás, Gerundio... Bueno, España conquistó América, que era un país inmenso lleno de indios, andaban por allí libres con sus propios ritos y danzas y costumbres, llega Colón con las carabelas y los mete en vereda, según voluntad de los Reyes Católicos, en fin, eso ya lo sabrás, viene en todas las enciclopedias y tampoco quiero alargarme mucho. Transcurren dos siglos, el afán de avasallar a los indios y hacerlos súbditos obedientes del rey de España crece a medida que se descubren más países y más minas de oro, no se da abasto a gobernarlos y venga a mandar allí tan lejos a militares, virreyes y administradores de mano dura que no se entendían bien con los nativos, imposible, es como si yo a ti me empeño en cortarte el rabo para que seas menos gato, surgen una enormidad de problemas. Hemos llegado al reinado de Carlos III, un periodo de la historia, por cierto, sobre el que estás sentado tú y puede que dentro de un rato tenga que pedirte que te desplaces para buscar algún comentario, no, ahora no hace falta, quieto ahí, veo que me vas siguiendo, en cambio yo me estoy armando un poco de lío.

Me di cuenta de algo muy sorprendente. Cada vez que me detenía, el ronroneo de Gerundio, acallado por mis palabras, se reanudaba con acentos progresivamente mimosos, como la protesta de un niño cuando teme que vayan a dejar de hacerle caso. No llega a ser llorar. No creo que exista en el diccionario una voz para describirlo, tiene algo de gemido erótico. Suena como una u encerrada que busca salida por la nariz. De pronto recordé que mi madre lo llamaba «ninfrar», una palabra de las muchas que inventaba ella, yo emitía ese ruido de niña cuando venía a contarme cuentos por la noche y se paraba intempestivamente, tal vez para comprobar si ya me había dormido o todavía no. Allí estaba el primer dato secreto, desenterrar una piedrecita perdida. Acaricié el rabo del gato.

–No ninfres, Gerundio. Estaba simplemente pensando. Puede que no sea bueno pensar demasiado para contar un cuento, pero es que en éste pasan tantas cosas. Perdona, necesito hacer un dibujo.

Me puse a dibujar el mapa de América y el contorno de España arriba a la derecha, para que se diera cuenta de lo lejos que estaban los dos países, de toda el agua que tenían que surcar los navíos para llevar noticias y mercaderías de las colonias a Carlos III, el monarca afable y piadoso, generalmente cazando venados en el Pardo. Dibujar mapas se me da bien, me produce un placer especial, la historia no puede entenderse sin la geografía, me alegré de haber traído a la bandejita algunos lápices de colores; en torno a las costas, el azul del mar se intensifica a modo de nimbo. —¿Te das cuenta, Gerundio, de lo lejos que queda Madrid de Perú? Era un trasiego continuo, barcos y más barcos, pero todos los españoles iban a lo suyo, a hacer fortuna, y el provecho de los indios no le importaba a nadie, se pensaba en ellos como en unos salvajes con plumas, y fue cundiendo el malestar, porque ya no aguantaban tantos impuestos y castigos. La culpa la tuvieron los corregidores, aquí lo dice, «verdaderos diptongos de comerciantes y jueces que habían torcido la vara de la justicia con la del comercio»; y también los empleados de aduanas. Unos niños indios en Arequipa llegaron a dar muerte en sus juegos a otro que representaba con gusto el papel de aduanero, fíjate a qué punto habrían llegado las cosas, te estoy hablando de 1770, no sé por dónde andarías tú en ese tiempo, Gerundio, o convertido en qué.

»Bueno, vamos a Perú, es esta provincia grande que he pintado de amarillo y con sombras marrones en medio: la cordillera de los Andes. Ahí empezaron los brotes de rebeldía, porque a los indios, como dice un informe, "no se les daba respiro a la queja", pero las quejas se pueden escribir, volaban pasquines bien argumentados donde se alababa al gobierno paternal de los antiguos reyes incas, oponiéndolo al despotismo de los corregidores. Entre Tucumán y Cuzco, por aquí, un arriero joven y guapo descendiente de príncipes, propagaba la insurrección echando por el aire papeles volanderos. ¿A que te gusta cómo se van poniendo las cosas? Se llamaba Tupac Amaru, que significa "resplandeciente culebra".

El serpenteo lento y solemne de la cola de Gerundio al oír aquellas palabras me sobrecogió. No me atrevía a mirarle a los ojos. Pero la sospecha fulminante de que ya

87

pudiera saberlo todo no me impedía seguir. Añadía, por el contrario, emoción a mi relato.

—José Gabriel Tupac Amaru, descendiente de las antiguas dinastías del Perú y que había frecuentado la Universidad de Lima, se convirtió en cabecilla de una guerra, que empezó el 4 de noviembre de 1780, cuando él mismo le echó un lazo al cuello al corregidor Arriaga, que venía caballero en una mula y le mandó ahorcar. Inmediatamente reclutó gente, se tiró al monte y puso su campamento en escarpadas alturas junto a desfiladeros y ríos difíciles de vadear. Aquí dice cómo era él, te lo leo: «Montaba siempre caballo blanco, usaba traje azul de terciopelo galoneado de oro, y encima la camiseta o "unco" de los indios, cabriolé de grana, sombrero de tres picos, y como insignia de la dignidad de sus antepasados un galón de oro ceñido a la frente, y del propio metal una cadena al cuello con un sol al remate. Sus armas dos trabucos naranjeros, pistolas y espada; de la muchedumbre recibía continuas señales de entusiasmo y reverencia.» La guerra duró poco, Gerundio, seis meses, fue muy cruel y la ganaron los españoles, aunque no tan fácilmente como esperaban, por eso se les quedó luego tanto miedo a los indios y a los que apoyaban su propuesta. Enviaron seis columnas con quince mil soldados al mando de un tal don José del Valle, pero Tupac Amaru se les escapaba una y otra vez de entre las manos.

»Cuando por fin lo cogieron, lo pasaron por las armas en la plaza de Cuzco a él, a su mujer Micaela Bastida, a su hijo Hipólito de veinte años y a no sé cuántos parientes y amigos más. Era el 18 de mayo de 1781, te leo el relato de un testigo, aunque es muy triste, a mí, desde luego, se me encoge el corazón:

"Cerró la función el rebelde José Gabriel a quien se le sacó a media plaza, allí le cortó la lengua el verdugo y despojado de los grillos y esposas lo pusieron en el suelo, atáronle las manos y los pies con cuatro lazos y asidos éstos a las cinchas de cuatro caballos tiraban cuatro mestizos a cuatro distintas partes, espectáculo que jamás se había visto en esta ciudad. No sé si porque los caballos no fuesen muy fuertes o porque el indio en realidad fuese de hierro, no pudieron absolutamente dividirlo después que por un largo rato lo estuvieron tironeando, de modo que lo tenían en el aire en un estado tal que parecía una araña."

De un salto ágil, casi vuelo, Gerundio se lanzó contra mi regazo desde su pedestal de libros, se hizo un ovillo y empezó a maullar lastimeramente. Yo, inclinada hacia él, le besaba las orejas y le acariciaba el cuello, casi con lágrimas en los ojos.

–Pobre Tupac –murmuraba–. Menos mal que existe la reencarnación.

Luego apagué el flexo porque entraba a raudales la claridad del día y Gerundio se escapó a la terraza. Ya era otra vez el gato vagabundo que se había colado en nuestra casa el verano anterior saltando de tejado en tejado con una pata rota.

Bajé un poco la persiana y me hice un café. Estaba asombrada del ritmo tan distinto con que puede transcurrir el tiempo de unos ratos a otros, a tenor de nuestra buena o mala disposición para colaborar con él.

A las nueve y media llamé al archivo y pregunté por Magda, una compañera que me quiere mucho, tanto que a veces me agobia. Bueno, en realidad es mi jefa. Puse voz de fiebre, me sale muy bien. No podía ir. Había pasado una noche muy inquieta y con escalofríos. Ahora tenía la cabeza cargadísima y la garganta hecha polvo.

–No me extraña –dijo–, es de tanto sudar. ¿Tienes aire acondicionado?

–Sí.

–Pues no me digas más, es la muerte del humano. Debías ponerte el termómetro.

–Ya lo he hecho. Tengo treinta y nueve y medio.

–Eso es mucho, tú. Toma Clamoxil enseguida. ¿Tienes quien te cuide? Porque si no, puedo ir a verte por la tarde y llevarte lo que necesites.

–Gracias, pero no hace falta. Está aquí mi suegra.

Fue la última mentira antes de meterme a desembrollar o simplemente poner una detrás de otra las de Vidal y Villalba, a ver si conseguía formar un camino de piedrecitas que me llevara a reconstruir su paranoia de intrigante sin éxito.

Pero lo más importante de aquella vigilia es que el relato oral dirigido a Gerundio me había abierto cauce a la palabra escrita. Le perdí el respeto al cuaderno de Tomás y fue como desatrancar un desagüe, lo empecé decidida, sin miedo a las tachaduras ni a las repeticiones. Era un borrador. Bueno, ¿y qué?, se trataba de contar cosas más o menos descabaladas de un señor mentiroso pero que no era un invento mío, atención a eso, sino alguien que había vivido de verdad, y las vidas van siempre en borrador, tal que así las padecemos, nunca da tiempo a pasarlas en limpio; la ventaja de aquélla es que a mí no me clavaba los dientes, podía adornarla incluso con comentarios de por qué me había ido interesando por ella, no me obligaba a mentir.

«Para Ambroise Dupont, que me regaló una flor de papel», puse en la primera página.

IX. PARADA EN LAS ROZAS

Aunque llevaba más de treinta horas sin pegar ojo, me funcionaban bien los reflejos, pero una vez dejadas atrás las salidas para El Plantío y Majadahonda, la intensa sospecha de estar viviendo una alucinación me hizo apelar a todas mis dotes de sensatez para contrarrestarla. Estaba llegando a Las Rozas y los carteles de Leroy Merlin, materiales de construcción, Európolis y Campsa me mareaban al superponerse falazmente sobre otro cuadro cuyo escenario había sido el mismo, aquella partida de caballería escoltando a un reo de costado que dijo llamarse don Luis Vidal y Villalba, y al que acababa de dejar con grillos en los pies y delirando en la cocina de mi casa.

Abandoné la carretera general y me metí por el pueblo de Las Rozas, aunque el plano de mi padre dejaba claramente especificado que aquella ruta no era la conveniente para llegar a la urbanización. Es más, había dibujado −uno al lado de otro y separados por una raya− dos itinerarios diferentes cada cual con sus flechas y crucecitas y ése, titulado de su puño y letra como «opción n.º 1», estaba tachado con una equis roja, recuerdo el rotulador gordo que sacó y cómo lo cambió luego por el bolígrafo para escribir debajo: «pista engañosa», yo entonces no reconocí las palabras ni me esforcé en ello, era poco capaz de esfuerzos en aquel momento, me daba todo igual, pero sí me gustaba que él hubiera prescindido de otras solicitaciones para ocuparse de mí. Fue en un aparte que hizo conmigo a la salida del cementerio, sorteando el lío de coches que intentaban arrancar, acababa de decirle yo que por favor durante algún tiempo no me llamara, que necesitaba estar sola. «De verdad que iré a verte, papá, cuando menos lo esperes, ya me conoces. Pero enseguida no.» Nos miramos a través de nuestras respectivas gafas ahumadas, y había mucha verdad en aquel borrón de luz compartido que nos aislaba del arrastrar de pasos y voces, del intenso olor a flores condenadas a morir. Su respuesta fue cogerme por los hombros y separarse conmigo de la gente. «Si no te explico bien dónde vivimos, se te hará más cuesta arriba tomar la indecisión», dijo sonriendo. «No es fácil llegar, ¿sabes?, yo todavía, si voy distraído, me equivoco, el teléfono también te lo apunto, pero igual te presentas sin avisar, tú eres de prontos impetuosos.» Se sentó en un banco y yo me quedé de pie ante él, mirando cómo sacaba un bloc del bolsillo de la gabardina y lo apoyaba en las rodillas, me emocionó que llevara consigo un bloc y un rotulador rojo y que mencionara los dos polos en torno a los cuales se devana la madeja de mis días: el ímpetu y la indecisión; recorrí con ojos sonámbulos las canas que entreveran su pelo hace ya algunos años, sus dedos siempre ágiles y aquellas líneas raras que iba trazando sin prisa para ayudarme a encontrar cierto camino (se debía haber dado cuenta de que andaba sin brújula), tal vez puente o quién sabe si túnel, daba igual, todos los jeroglíficos sacan de lo estancado y estimulan la aventura sólo con ponerse a entenderlos. Él estaba inventando uno para mí, cuando era pequeña a los dos nos gustaban los jeroglíficos del periódico y yo me quejaba de que eran demasiado fáciles, me acuerdo del olor a periódico de los domingos, de mis ganas de conocer a la gente que venía retratada en los periódicos, de ser mayor, de irme de viaje sin meta, me encantaban las películas de jóvenes que se pasaban la vida en la carretera haciendo autostop. Papá trabaja en una empresa de diseño publicitario, ahora gana mucho, pero cuando se hizo novio de mamá los dos querían llegar a ser pintores famosos, ella perseveró, luego él estuvo algún tiempo de delineante con un arquitecto, son anécdotas que pertenecen a la prehistoria. Con mi llegada al mundo parece que se acabaron los sueños de vida bohemia y se debió iniciar ese ruido de carcoma que cimenta todas las discusiones a puerta cerrada cuyo gas venenoso se fugaba por la ranura de abajo, argumentos ilógicos, fraguados de mala manera y arrojados al vertedero de mi memoria, un archivo donde nadie ha entrado a poner orden. Pero cuando papá se pone a dibujar –pensé aquel día–, todo se disipa como un mal sueño y nadie tiene edad ni al mañana se le ven dientes de amenaza, suena una música perezosa, nos hemos levantado tarde los tres y huele a café, es domingo.

Podía haberle dicho que ya casi nunca me entran «prontos impetuosos», haberme sentado en aquel banco y echarme a llorar abrazada a su cuello por todo lo mezclado, lo roto, lo incomprensible, por tantos jeroglíficos sin resolver. Pero no me moví ni saqué las manos de los bolsillos de la chaqueta, recuerdo el tacto del llavero, un san Cristóbal en relieve. Luego él se levantó, me dio un abrazo y me entregó el papel, encareciéndome que no lo perdiera. «Descuida, no lo perderé.» Montse ya estaba reclamando su compañía desde lejos, inquieta porque llevaba algunos segundos sin localizarlo, «Ismael, por favor, Ismael», ni en un entierro es capaz de mantenerse en una zona discreta de penumbra; y ya se acercaba a pasos menudos mientras yo recogía la hoja del bloc, la doblaba parsimoniosamente y aquel mar de fondo entre mi padre y yo se ensombrecía acorralado por el paréntesis negro de nuestras gafas, más insondable cuanto más tardábamos en despedirnos, como un bosque secreto e inquietante cuyos peligros nos unían y al que ella jamás podría bajar ni asomarse siquiera por mucho que agitara una mano y elevara la voz intentando desviar nuestra atención hacia un problema baladí relacionado con cierto coche que estaba impidiendo la salida de otros si no lo movían pronto, papá dio un paso vacilante en aquella dirección, ¿qué coche?, ella dijo «el Volvo, Ismael, nuestro Volvo» y sonó a obscenidad en sus labios pintados de un carmín muy oscuro. Detrás de ella venían acercándose como a cámara lenta otros grupos de personas, tal vez no todas pertenecientes a nuestra ceremonia, hay gentes que se filtran de otras historias, como se mezcló Vidal y Villalba con el obispo de Mondoñedo, llegan en trance de extravío, miran alrededor y antes de preguntar nada se ponen a llorar sobre un hombro equivocado que duda entre sacudirse al intruso o aceptarlo como miembro que es de un duelo universal, al fin y al cabo todos los ausentes ya sea por leucemia, vejez, accidente de coche, cáncer o navajazo tienen en común que brillan por su ausencia y que dejan una orfandad parecida, el mismo rastro de perplejidad.

En los entierros siempre impera esa impresión de desconcierto, la sensación de estar rondando arenas movedizas, y lo angustioso es que no se sabe quién coordina la expedición ni se conocen bien sus pautas; jamás los vivos se han mirado unos a otros con tanta avidez por descubrir a alguien que tenga aspecto o ademanes de capitán. Cualquier paso en falso puede llevarnos a girar en espiral hacia una meta imprevisible, aglomerados con víctimas de las que no querríamos saber nada, pero que se atropellan pegadas a nuestro flanco.

Me costó mucha pena doblar la hoja de bloc, guardarla y articular un «gracias, adiós, papá» que no dejara traslucir emoción alguna, en lugar de besarle junto a la oreja y decirle bajito: «no te vayas, por favor, deja en paz a Montse, no le hagas caso ni te dejes secuestrar por ella, qué pinta Montse aquí, vamos a tomarnos ahora mismo un café, escapemos a uña de caballo, si echo a correr, ¿me sigues?». Pero sólo dije gracias y adiós.

Me he pasado más de media vida diciéndoles a mis padres cosas que no tenían nada que ver con las que hubiera querido decirles, educando mi voz para que se acoplase a una traición que fue dejando de serlo a medida que se debilitaba la voluntad, cediendo a los pactos de disimulo y medias verdades que la relación entre ellos proponía a modo de paliativo insensible para aliviar la inquietud sin hurgar en sus causas. Aprendí desde edad bastante temprana a mirarme en aquel espejo oblicuo donde mi rostro asomaba a medias tapado por el de ellos, pero no me di cuenta de que estaban torcidas las sonrisas hasta que empezó a reflejarnos solas a mamá y a mí con la sombra de él al fondo. Yo intentaba borrar aquella sombra, la frotaba con rabia una vez y otra vez, pero reaparecía como la mancha de sangre en la llave de Barba Azul, y dentro del espejo se congelaban los gestos, nada era verdad, a todas las sillas les faltaba alguna pata, no corría el aire, en los estantes había ceniza en vez de libros, mi cara era azul y las figuras se ladeaban como esos muñecos que no asientan bien y están a punto de caerse. ¿No sería —empecé a pensar— que casaban mal unas con otras desde siempre, y que mejor estaríamos cada cual por su cuenta, como ella solía decir, a la conquista de la propia ración de aire? Mamá se quedaba mirando por la ventana cuando dejaba caer esa propuesta teñida del color de sus pinceles, amarillo bilioso, nacarado o granate, y a mí se me encogía el corazón ante su perfil agudo de pájaro impaciente. «¡Que no se vaya», pensaba, «que no eche a volar», luego todo volvía a estar como antes, aunque aquel aviso podía repetirse inopinadamente, y se sabía. Pero qué difícil es buscar la propia ración de aire, aguantar el aire libre cuando te has aficionado a los paños calientes, abandonar la cueva sin rencor y sin daño, resignarse a olvidar lo que no se ha entendido.

De todas maneras, acabé comprendiendo –aunque me costó– hasta qué punto se había distorsionado mi imagen dentro de un azogue empañado por oscuros vicios de origen que yo heredaba a ciegas, sin culpa ni alegría. Y un día dije ¡basta! y rompí aquel espejo. Pero lo rompí mal, porque sus añicos se me siguen clavando. No los supe barrer. Nunca han servido para gran cosa mis prontos impetuosos. Seguramente era de eso de lo que me apetecía hablar con papá. Aunque sabía que no iba a hacerlo.

Paré el coche en la primera placita donde encontré un hueco y me bajé a tomar un poco el aire que empezaba a correr. Hacía menos bochorno que el día anterior. Me senté en la terraza de un bar, pedí una cerveza y saqué del bolso la hoja de bloc. Debajo del itinerario tachado con una equis roja decía: «Pista engañosa. Por ahí te pierdes seguro.» Bueno –suspiré–, me había metido por la pista engañosa, no es una situación desconocida para mí y tiene su aliciente porque invita a reflexionar. En todos los juegos infantiles, en los cuentos de hadas, en las adivinanzas, hay una o varias pistas engañosas. Y más tarde también en las novelas policiacas, y en la investigación judicial y en las conjeturas sobre la conducta sospechosa de un amante. Contraponer la verdad al engaño es el juego por excelencia, aunque difícil: o nos engañamos o nos engañan.

Pero además hay varias partidas simultáneas que se juegan en el mismo tablero, nunca estamos atendiendo a una sola, aunque parezca que sí. Por ejemplo, si yo me seguía metiendo en averiguaciones sobre un aventurero del siglo XVIII y sus mentiras, ¿no era para escurrir el bulto de otra pesquisa pendiente y mucho más sinuosa, que interfería aquélla? Por eso me había perdido y había tenido que detenerme a recapitular; un nudo, un cruce de vías, parada en Las Rozas.

La cerveza estaba muy fresca y me encontraba a gusto. Pedí otra. Las Rozas ya no es un pueblo, sino un distrito anexionado a Madrid, y construcciones del XVIII, si las hubo, no queda ninguna. Miré alrededor, cafeterías, un supermercado, un buzón amarillo, una pareja de mulatos, chicos en moto, una señora con su perro, coches mal aparcados, como en cualquier barrio. Todo era un espejismo engañoso, ni siquiera como decoración de teatro me servía para evocar la llegada de una partida de caballería escoltando a un preso a quien se espera en la Corte con recelo porque se sospecha que es muy peligroso, que ha conspirado en Londres con jesuitas rebeldes, que pudo conocer a Tupac Amaru y sus partidarios, y hay que someterlo a tortura para que confiese, pobre don Luis. La verdad que yo iba percibiendo y me hacía compadecerlo, los ministros de Carlos III no la sabían ni se la arrancaron tampoco nunca a aquel reo incapaz de transitar por caminos que le apeasen de lo ilusorio, enredado ya al llegar a Las Rozas en una maraña de espejismos. Tal vez no habría consentido que yo me acercase a él y le arrancara la máscara de conspirador. Lo hubiera sentido como algo más humillante aún que la cárcel misma.

Pagué la segunda cerveza y me levanté en un estado muy agradable de laxitud, con ganas de decir o hacer algún disparate. Porque era todo tan intrascendente...

Cuando crucé la placita para ir a buscar el coche, se me ocurrió, sin más ni más, preguntarles por don Luis Vidal y Villalba a dos señoras de media edad que estaban paradas delante de un escaparate. Una de ellas se encogió de hombros, pero la otra dijo:

—Querrá usted decir Vidal y Varela.

—Pues no sé, puede que me haya confundido.

—¿Quién es? —quiso saber la otra.

—Sí, mujer, el odontólogo ese que ha venido nuevo. En la calle de allí enfrente, en el número cinco. Pero no sé si habrá cerrado ya la consulta.

—¿Es dentista, el señor a quien busca usted? —preguntó la otra, muy sorprendida de mi silencio.

—Podría ser, antes estuvo preso. Ya sabe usted, señora, que la vida no para de dar vueltas y nos equivocamos mucho. Gracias, de todas maneras.

Me metí en el coche con una sonrisa y me miraron marchar como a una loca total. Pero qué divertido. Andaba por allí una especie de doble del reo dieciochesco, cuyo apellido, bien mirado, era más propio de dentista que de conspirador. Pero yo la dentadura la tengo bien. Puse música antes de arrancar.

X. VISITA AL POBLADO INDIO

Llegué tarde a la urbanización de mi padre, después de dar mil vueltas. Digo tarde porque se había puesto el sol, no porque nadie me estuviera esperando. En algunos porches había un farol encendido y a través de las puertas abiertas salía el resplandor movedizo y coloreado de las televisiones. Casi todas las calles laterales, de trazado reciente, estaban a medio edificar y abundaban las grúas. No se veía a nadie por allí.

Yo había aminorado la marcha, y mientras surcaba la avenida central, dejando resbalar la mirada por jardines y verjas en busca del número 73 o de un buzón donde se leyera mi propio apellido, me iba ganando una sensación de extrañeza similar a la que transmite el rostro de ciertos viajeros en películas del Oeste. Acaban de bajarse de un tren. Tampoco ellos conocen el terreno que pisan, y por algo que han dicho antes puede suponerse que siguen el rastro de alguien o de una historia olvidada cuyas pistas se presentan confusas. Y se detienen desorientados, con aire de indefensión. ¿A qué han venido? ¿No sería mejor dejarlo?

Casi al final de la avenida había parado un camión de mudanzas y estaban bajando un piano entre dos hombres corpulentos. Un perro enorme con collar de pinchos se puso a ladrar furiosamente de patas contra la verja del chalet hacia donde avanzaban los porteadores del piano. Lo dejaron en el suelo, se consultaron indecisos y le dijeron algo al chófer, que asomó la cara y luego una mano gesticulante por la ventanilla de la cabina. En ese momento salió corriendo del chalet un niño rubio como de ocho años, que empezó a gritarle al perro y a tirar de él hacia dentro. Era mi hermano Esteban. Paré el coche y me bajé.

A medida que me acercaba, el perro parecía más grande y sus dientes más afilados. Impresionaba que un niño tan delgadito se atreviera a agarrarlo por el collar o a intentar convencerlo de nada.

—¡Quieto, Fiero! ¡Aquí, Fiero! —chillaba—. ¡Mamá, sal, que traen el piano!

—¡Y tan fiero! —dijo uno de los hombres—. ¡Jolín con los elementos disuasorios que se gasta esta gente! Oye, guapo, ¿por qué no lo atas?

—Si no hace nada. Es sólo para asustar. ¡¡Mamá!! En cuanto te conoce no hace nada. ¿Verdad, Fiero?

—Menos mal —comentó el otro—. Pues dile que yo me llamo Juan, ¿o tenemos que enseñarle el D.N.I.?

—¡Transportes Martínez, S.A., que eso igual le parece cosa más seria! —añadió el chófer desde la cabina, con acento marcadamente cheli—. ¡Adelante, colegas, que ya parece que lo tenemos dominado!

Los ladridos, efectivamente, remitían, y los dos hombres, entre risas, volvieron a cargar con el piano. Era de madera oscura, no muy grande. Yo me oculté a medias detrás del camión.

Montse, en vaqueros y con una camiseta escotada, acababa de aparecer en el porche, y tras dar las luces de fuera, algunas de las cuales surgían del césped, se llevó al perro para encadenarlo en una argolla del fondo. Luego vino y se puso a capitanear la expedición del piano a través del jardín, encareciendo a los transportistas con voz autoritaria que tuvieran cuidado y avisándoles de los desniveles del terreno, cables, montículos y escalones donde podían tropezar. Ella misma, que iba andando hacia atrás, a mitad del camino perdió el equilibrio y cayó sentada sobre un arriate.

Apareció en el porche otra figura, pero no era papá, sino una mujer más o menos de la edad de Montse, tal vez alguna amiga. Llevaba el pelo cortado a lo chico y minifalda.

–¿Te has hecho daño? –preguntó con voz aguda.

Pero Montse ya se había puesto de pie y se sacudía los pantalones.

–¡Malditos cables! –dijo de mal humor–. No ha sido nada. Dile a Gregoria que abra las puertas de atrás, que el piano lo vamos a meter por la cocina.

–¡Yo también voy! –dijo Esteban–. ¡Espérame, tía Loli!

Echó a correr hacia el porche y desapareció en el interior de la casa, detrás de la chica de la minifalda. Era un chalet de dos pisos bastante pretencioso y llamativo. Con él se acababa, por el momento, la urbanización. Luego sólo había un conato de calle y desmonte. Salí de mi escondite, rodeé la verja y me puse a fisgar desde aquel lado. Siempre me ha encantado fisgar y cambiar de perspectiva. No era muy probable que me viera Montse, tan embebida en su tarea, pero no dejaba de haber algún peligro. Me agaché un poco.

El jardín era muy grande, notablemente mayor que el de las otras casas, y estaba decorado un poco en plan de «mírame y no me toques», tal vez bajo la batuta de algún diseñador de exteriores fascinado por las páginas de *House and Garden*. Me imaginé a Montse señalando una de aquellas páginas satinadas («¡Yo quiero un rincón como ése, igualito!»), y discutiendo luego con papá el presupuesto. Había un par de estatuas bastante horribles, bancos de hierro forjado y un balancín con toldo. Una gruta de piedra artificial, que no venía mucho a cuento, lanzaba desde una especie de concha hilos de agua a la piscina en forma de habichuela. No guardaba relación en absoluto con el estanque de agua verdinosa que yo había visto en mi sueño, ni apareció por ninguna parte el agujero negro vomitando porquería, a pesar de que lo busqué afanosamente, casi con inquietud, como cuando se nos escapa de las manos o de la memoria un argumento fundamental. «Creo que es lo que habría dado sentido a mi visita», pensé, «ya sé a lo que venía, a encontrar el agujero negro y explorarlo.»

Me quedé mirándolo todo a través de los hierros de la verja, sin que nadie parara mientes en mi presencia, hasta que el cortejo dio la vuelta a la fachada y se apagaron las luces del jardín. Entonces comprendí que tardarían en volver a salir, me moví, doblé la esquina y, aprovechando que la puerta había quedado abierta, entré cautelosamente. Miré hacia atrás. El chófer ya no estaba en la cabina. Avancé procurando no tropezar con ningún cable y me senté en el balancín, que tenía unos almohadones muy mullidos. En el cielo pálido había empezado a parpadear la primera estrella, suspiré hondo y me puse a columpiarme. ¡Qué gusto!, nadie podía suponer que estaba allí. «Me he metido en un cuento», pensé. Me sentía cansada, pero tan libre y desligada de todo como cuando se deja en el suelo un equipaje pesado después de aguantarlo a cuestas muchas horas. ¿Cuántas horas llevaba despierta? Ponerme a echar la cuenta y notar que se me caían los párpados fue todo uno. Don Luis Vidal y Villalba, con bata blanca de dentista, se deshilachaba entre nubes remotas, quiso decirme algo pero no le salía la voz, luego se convirtió en una espiral de humo.

Me devolvió a la realidad la intuición de una presencia cercana alertada por los ladridos que enseguida cesaron y el zumbido de un motor al arrancar. Abrí los ojos. Esteban, clavado de pie delante de mí, me contemplaba como a una aparición sobrenatural. Ya era de noche y el camión de la mudanza se alejaba. Me enderecé. Estaba casi tumbada encima de los almohadones y sentía hormiguillo en una pierna doblada en mala postura. Me la empecé a frotar.

–¿Por qué te has quedado dormida en el columpio? –preguntó Esteban–. No es tuyo. Esta casa no es tuya. ¿Quién eres?

–Soy tu hermana.

–Mentirosa. Eres muy mayor. Y no eres rubia. La de la foto es rubia.

–El pelo se oscurece con los años.

Se quedó pensativo.

–O se puede pintar. Mi mamá se lo pinta. Se pone mechas.

–Pues yo no.

Me agaché a recoger un zapato que se me había escurrido. De dentro del chalet llegaban voces alteradas. Ninguna era la de papá.

–Pero eres tonta –dijo Esteban–. Y una mentirosa.

–Mentirosa asquerosa, / tonta ni un pelo, / me vuelvo mariposa, / mira, levanto el vuelo.

Me levanté y empecé a agitar los brazos como si fueran alas. El verso me había salido de un tirón con tonillo de saltar a la comba. Cuando hacía «entrerrock», las letras las inventaba siempre así, casi sin darme cuenta, la música me costaba más. A Esteban lo tenía alucinado. Tardó en reaccionar.

–¿Y esa canción?

–Me la acabo de sacar de mi cabeza.

–¿De verdad?

103

—De verdad no, porque soy mentirosa. ¿No hemos quedado en eso?

Me sonrió por primera vez.

—Pues inventa otra, anda. De relojes.

—¿De relojes? De relojes no se me ocurre. Reloj sólo puede rimar con boj. Por cierto, ¿qué hora es?, he olvidado el reloj escondido en el boj, mi corazón se agita, ay hermano pequeño, llego tarde a la cita que tengo con el sueño; se acabó la visita.

—Jo, te sale todo seguido, qué tía. ¿Por qué no hacemos un verso a medias? No te pensarás ir, ¿verdad?

—Creo que sí, porque estoy cansada. He venido de Londres hasta Las Rozas y ahora me quieren meter en la cárcel. ¿No estará tu padre en casa por casualidad?

Empezó a dar vueltas a la pata coja y a sacarme la lengua.

—¿Quieres que te proteja de los polis?

—Eso mismo, qué listo eres.

—Pues no está, pero están mamá y la tía Loli.

—No me sirven. No creo que se quieran meter en nada de polis, ¿a ti qué te parece?

Del chalet seguían viniendo voces de disputa. Ahora se habían encendido las luces del piso de arriba.

—Que no —dijo Esteban—. Mamá está enfadadísima. Es que, ¿sabes?, han traído el piano.

—Ya. Venía yo en la cabina con los del transporte, por eso lo sé, guiando venía.

—¡Mentira! El chófer era gordo.

—Bueno, tampoco me van a meter en la cárcel, hemos quedado en que miento, ¿no?

Se encogió de hombros, enfurruñado.

—Contesta, ¿sí o no?

—¡Qué pesada eres! ¡Sí! Pero contesto porque quiero, para que lo sepas, no porque me lo mandes tú. ¿De qué te ríes?

–De que yo cuando era pequeña decía eso mismo. Venga, ya no miento más, no pongas cara de rabieta. ¿Por qué está enfadada tu madre? ¿Porque he venido yo?

–¡Qué va! Ni te ha visto. Porque han rozado un poco el piano al meterlo y porque no llega papá. Ella quiere que tenga mucha ilusión con lo del piano.

–¿Lo vas a tocar tú?

–Ni hablar, yo quiero ser batería. Lo tocaba ella de pequeña y luego por navidades en el pueblo de los abuelos, villancicos, tangos y «Para Elisa», lo han tenido allí hasta ahora porque en la otra casa no cabía, era más pequeña que ésta, pero a mí me gustaba más porque estaban Manolito y Lauri.

Dentro del chalet se había elevado el tono y la agresividad de las dos voces femeninas.

–¡Métete donde te llamen!, ¿has entendido? –se oyó gritar claramente a Montse.

–¡Pues no me llames y en paz! ¡Como si fuera un plato de gusto venir hasta aquí! Me hartas, te lo juro –dijo la otra–. Me voy.

–Pero no se va –aclaró Esteban mirando hacia la casa–. Siempre están igual. Es por lo del piano, no saben bien dónde ponerlo. Y luego porque la tía Loli dice que a ver si mamá ahora tiene paciencia para practicar todos los días, y aprender cosas más modernas, la tía Loli es muy moderna, se ríe y a mamá la pone nerviosa. Bueno, yo también, todo la pone un poco nerviosa. Es que está adelgazando, ¿sabes? Ahora Gregoria nunca hace dulces para que a ella no le dé envidia. Oye, ¿no tendrás algún caramelo?

–Caramelos no; chicle, me parece. Espera. Voy a ver.

–Chicle también me gusta.

Se acercó a mí y miraba dentro del bolso mientras yo

lo revolvía. Le di el chicle, que salió enganchado en el cierre de un collar roto, dice Tomás que mis bolsos parecen el maletín de un prestidigitador.

–Toma, de fresa.

Le quitó el papel de plata y se lo metió en la boca.

–¿Y nada más? –preguntó mientras masticaba–. ¿No me has traído ningún regalo más? Pues vaya una hermana.

En vez de contestar, volqué el contenido del bolso encima de los almohadones del balancín. Apareció una calculadora pequeña que nunca había llegado a usar. Era dorada, en forma de polvera. De esas compras estúpidas que se hacen en los grandes almacenes una tarde de depresión. Se la enseñé y la miró atentamente.

–¿Qué te parece?

–Bien, tengo otra pero no mola tanto. ¿Me la das?

–Bueno.

Vi que la abría, apretaba los botoncitos y empezaba a manejarla con toda soltura. Luego se aburrió, se la guardó en el bolsillo y se puso a dar vueltas a mi alrededor, mirando cómo volvía a meter las cosas en el bolso.

–Pero lo que más me gusta –dijo– es cuando haces versos.

En ese momento se oyó una voz potente al fondo del jardín.

–¡Esteban! ¿Dónde te metes? ¡Ven a cenar!

–Es Gregoria –dijo él–. Voy a decirle a mamá que estás aquí, ¿vale?

Y arrancó a correr hacia la casa. Esperé a verlo desaparecer en el porche, y me escapé furtivamente, pegada a las tapias, camino de mi coche. No podía explicarme por qué tenía tantas ganas de llorar.

El regreso con su correspondiente extravío por calles, rotondas sin señalizar y descampados a oscuras convirtió en leve el peso de la melancolía, al echarle encima el de la repetición como condena, otra vez dando vueltas, siempre igual, perdida, sin saber por qué hago lo que hago, tomando indecisiones, qué pesadilla. ¿Cuándo despertaré? «Cuando la ciudad sea murmullo de cenizas cociéndose allá abajo y vengan limpios todos los arroyos.» ¿Quién había dicho eso dentro de mí? No recordaba que fuera fragmento de ningún poema conocido, pero me gustaba, así que me detuve, encendí el intermitente y lo apunté en una agenda que saqué de la maleta del prestidigitador, en una zona que titulo «EXCRECENCIAS». Pero fuera estaba muy oscuro, no pasaba nadie, sólo había unos cuantos edificios solitarios y tuve miedo. «Siempre se tiene al final de las pesadillas, eso indica que te vas a despertar», me dije para tranquilizarme.

Así que cuando descubrí en la acera de enfrente a una chica que se apeaba de un coche y decía adiós con la mano a alguien que se había quedado al volante esperando verla entrar en su portal, toqué la bocina repetidamente y bajé la ventanilla.

—¡Oiga, por favor! ¡Oiga!

El conductor volvió la cabeza. O sea que me había oído, que le traspasaba a otro mi pesadilla. Me miró como si no diera crédito a sus ojos, se bajó del coche y cruzó la calzada.

—¿Qué haces tú aquí? —preguntó.

—Pues ya ves, espiarte.

Le vi en el rostro ese agotamiento de quien se esfuerza por encontrar una explicación después de haber dado muchas a lo largo del día. Y las que le faltaban cuando llegara a casa. Me dio pena.

—Bueno —dijo—, es una chica que trabaja conmigo, no te vayas a creer.

Estaba evidentemente turbado. Me eché a reír.

–Pero papá, por Dios, si yo no creo nada, ¿me ves cara de Sherlock Holmes?, no pierdas el sentido del humor. Y vete a tranquilizarla, anda –añadí con los ojos fijos en la acera opuesta–, que nos mira un poco mosca. Si no quieres confesarle que tienes una hija de mi tamaño, dile que se trata de una automovilista perdida. Las dos cosas son verdad.

–Bueno, te lo agradezco. Pero espera.

Tanto la voz sumisa con que lo había dicho como sus andares hacia el portal donde la chica, efectivamente, parecía mantenerse a la expectativa, me parecieron los de un niño en apuros que obedece el consejo de un adulto. Mis esperanzas, ya bastante problemáticas, de encontrar consuelo y apoyo en aquel señor se volatilizaron. Pero persistía un poso de ternura hacia su garabato familiar, su voz era la misma, sus hombros se alzaban como siempre, andaba igual, las gafas más bien sucias, el tic de apretar la mandíbula, y yo seguía siendo una especie de coraza para él, desde niña supe que era más débil que mamá.

Incliné la cabeza hacia mis manos y fue como si reapareciera entre ellas un timón invisible. Tragué saliva. No quería mirar hacia el portal ni enterarme de si tardaba mucho o poco en despedirse de aquella chica. Fumar tampoco. No estaba nerviosa, sólo cansadísima, pero dispuesta a no cargar mi cansancio sobre el suyo. Ya tenía costumbre.

Cuando volvió, le recibí con una sonrisa, pero no le invité a sentarse a mi lado, y me pareció que lo agradecía. Se apoyó ligeramente contra la portezuela.

–En fin... Hay días de prueba –dijo, ya sin tapujos, como un niño pillado en mentira.

–Y que lo digas, jefe. Déjame que te limpie las gafas, anda, que eso te puede ayudar a ver las cosas más claras.

Las solía perder mucho, aunque tenía otros dos pares

de repuesto, y siempre sucias, a veces nos las alargaba a mamá o a mí en cuanto le mirábamos con un gesto especial, «¿cómo seré tan calamidad?», decía. Me las tendió y se frotó los ojos. Se tenía que estar acordando. Las de ahora iban montadas al aire. Le habían aumentado las dioptrías.

Intercambiamos a través de la ventanilla unos datos escuetos y fragmentarios acerca de nuestras situaciones respectivas ofuscadas por la fatiga, y quedó claro –cuestión que parecía preocuparle un poco– que yo a Montse no la había llegado a ver. Luego trató de perderse en explicoteos insustanciales, pero a mí aquello me aburría. Eran más de las once. Le aconsejé que reservara algunas energías para cuando llegara a casa, que le iban a hacer falta. Conmigo estaba cumplido.

–No gastes saliva en balde, papá. Te esperan un piano, una cuñada con minifalda y los nervios de Montse. Mira a ver cómo te han quedado las gafas. ¿Bien?

Se las devolví y se las puso.

–Buen trabajo, gracias.

–Pues, entonces, *ciao*. Sólo te pido un favor que te hará perder pocos minutos. Sírveme de guía con tu coche para salir a la carretera general. Estoy como perdida en un poblado indio.

–No faltaba más. Pero antes dime, hija, ¿venías a algo concreto?

–Creo que no. Tal vez a preguntarte si te sigue gustando resolver crucigramas difíciles.

Puso su mano sobre el brazo desnudo que yo apoyaba en la ventanilla.

–Ya no. Para qué te voy a engañar. Me marea todo lo difícil.

–O sea que te pasas el día mareado, supongo.

–Más o menos. ¿Y tú?

–Depende de las horas, de los ruidos y del color del cielo. Pero los crucigramas me siguen ayudando mucho. Sobre todo inventarlos.

–Quiero decir que si estás bien.

–Muy bien, papá, tranquilo. Otro día hablamos... Oye, sólo una cosa, ¿de qué murió mamá?

Se quedó muy sorprendido.

–De un aneurisma. Ya lo sabías, ¿no?

–Sí, pero es una palabra tan fea. No le pega a ella, y además...

–Además, ¿qué?

–Quiero decir que si se cayó de repente al suelo y punto.

–Pues sí, no hubo tiempo ni de llamar a una ambulancia, eso dijo Rosario, que estaba con ella.

–Pero habrá un parte médico, supongo. ¿No le hicieron la autopsia?

–No que yo sepa –dijo papá, desconcertado–. ¿Qué estás pensando?

–Nada, como yo no estaba en Madrid, me imagino que te acuerdas, y no llegué a tiempo de verla viva...

–¡Claro que me acuerdo! Pero creí que habrías hablado con Rosario.

–Pues no, es un asunto pendiente, de los muchos que tengo, me ha dejado recados más de una vez..., bueno, muchas, pero me da pereza verla.

La presión de su mano en mi antebrazo se hizo más intensa.

–¿Sólo pereza?

–Pereza o lo que sea. Déjalo.

Lo había dicho con voz cortante e intempestiva. De repente me acordé de Ramiro, del frunce de mis labios reflejado en su mirada irónica; me paso la vida a la defensiva sin saber si hago daño o no, haciéndomelo a mí misma. Papá se encogió de hombros y retiró su mano.

—Tú te lo dices todo, hija —comentó abrumado.

Me sonó la alarma roja: crispación incipiente.

—Perdona, papá. Es que no soy capaz de marcar aquel número de teléfono. Comprendo que son delirios y ya los venceré, pero como me negué a verla muerta, mientras no llame le estoy echando pan a la esperanza, ¿entiendes? Creo que me va a salir su voz, es la voz lo que más se resiste a morir, el alma al fin y al cabo.

—Y sin embargo, acuérdate, la voz de mamá algunas veces te ponía nerviosa.

—Pues ya ves, lo que son las cosas. Ahora daría lo que no tengo por oírla. Me conformaba con cinco minutos, aunque fuera para echarme una bronca. Que además, por desgracia, no me las echaba nunca.

Había bajado los ojos y la pausa que siguió no me pesaba. Pero tampoco pedía más respuesta que el silencio. Noté que se había vuelto a acercar.

—Mírame —dijo inesperadamente.

Le obedecí y en aquella mirada se disolvieron todos los argumentos de la tarde.

—Yo tengo más suerte que tú —dijo serio—. Sigo oyendo su voz al oírte a ti. Y viéndola al mirarte.

Abrí la portezuela, me bajé y nos abrazamos muy fuerte. Hay gente que no huele a nada, y otra a quien se reconoce por el olor. Papá olía como siempre, no se sabe a qué. Me empezó a besar el pelo y temblaba un poco. Nunca me había besado así. No me soltaba. «Estoy dispuesta para pasar la prueba de hablar con el abuelo. Ahora mismo soy ella», pensé. Y hubo como un triunfo en aquel reconocimiento. Le acaricié el cogote y me separé dulcemente.

—Vamos, papá, que si se asoma la vecina de ahí enfrente, lo de que soy una automovilista perdida le va a sonar a cuento chino.

—No creo que sea de las que se asoman —sonrió—. Y además me da igual.

—Por si acaso... Venga, sheriff, ¿me sacas del poblado indio?

—Sí, forastero. Que tengas suerte —dijo—. Al llegar a aquellas montañas encontrarás un caballo de repuesto.

La carretera general estaba cerca. Me precedió hasta ella y me dijo adiós con la mano, antes de enfilar una curva que le devolvía al poblado indio.

Yo, por mi parte, esperé al primer cartel de «cambio de sentido» y di la vuelta. Yendo hacia El Escorial, me separaban pocos kilómetros de la residencia del abuelo. Era otra zona del poblado indio, tal vez la más remota y peligrosa. Ya estaba cerca de las montañas, pero no vi el caballo de repuesto. Cuando llegué, casi todas las luces estaban apagadas. Di las del coche, sin entrar del todo en el jardín escuálido, y hurgué en el maletín del prestidigitador. Siempre llevo un bloc y sobres, por si acaso. Escribí dos cartas breves. La primera decía:

«Estimado amigo: han pasado varios días desde nuestra conversación. Creo que empiezo a considerarme preparada para el juego que me propuso, o mejor vamos a llamarlo experimento. Como preludio, y aprovechando que también mi letra (no sólo mi voz) se parece a la de mi madre, podría Vd. entregarle al abuelo Basilio la carta adjunta, si le parece oportuno. Se la incluyo en sobre abierto para que la lea y juzgue al respecto. Espero su llamada. Afectuosamente, A. S. L.»

«Querido padrito», rezaba el texto de la otra: «perdona que haya tardado tanto en tomar contacto contigo, pero he estado ausente mucho tiempo en un país donde funcionan mal los correos. Me ha ido muy bien, mis cuadros empiezan a cotizarse en las galerías del Soho, en Manhattan; he vendido cuatro. Pero además estoy enamorada, y ya sabes que el amor nos vuelve egoístas. No tardaré en venir a verte, de todas maneras. Te quiere, *Tu hija.*»

112

Salí del coche sigilosamente y crucé el jardín mirando a todos lados. Nadie. Había luna llena. En el sobre de fuera había escrito «Ramiro Núñez». En el de dentro nada. Subí de puntillas los escalones, y en un buzón pintado de verde que se destacaba a la derecha bajo la Virgen del Perpetuo Socorro, eché el doble mensaje. Cantaban los grillos.

«Ya me puedo olvidar por ahora de este asunto», pensé con alivio, al enfilar de nuevo la carretera general. Llegué a casa cansadísima.

XI. PUNTAS DE ICEBERG

Las voces del pasado trepan por la espalda a manera de viento súbito. Somos como una montaña cuya vertiente delantera, más feraz pero más vulnerable, está defendida por fortificaciones y poblada de huertas, casas, paseos y almacenes; allí se aprende lo conocido, se teme a lo desconocido y la vida se rige por leyes que zurcen lo uno con lo otro; en la parte de atrás nadie repara, es más difícil acceder a ella desde el valle –según rezan los mapas–, casi nunca da el sol y la vegetación es escasa. Acabamos por olvidarnos de que existe. Y, sin embargo, por esa grupa atacan de improviso las fantasmales huestes del pasado, apenas perceptibles, tan sólo una cosquilla. Aquí delante no han llegado nunca, no pueden hacerme daño –decimos al notar los tenues síntomas–, ni siquiera merecen atención, como llegan se van por el mismo camino. Pero nos protegemos el vientre y el pecho con los brazos, cerramos los ojos y aguzamos el oído con la respiración en suspenso. Suelen aprovechar los tramos de descuido que preceden al sueño o lo convocan, cuando ya hemos desembarazado de trastos y envases vacíos nuestra buhardilla; en eso no quiero pensar, en eso tampoco, en eso tampoco, y es como ir pulsando botones y desenchufando clavijas para que dejen de zumbar todas

115

las máquinas. Entonces se percibe el sutil traqueteo por la espina dorsal, no es nada. Pero ahí sigue. ¿Qué dicen esas voces? Bordear la pregunta es ceder al peligro. ¿Quién está hablando? ¿Desde dónde? Se diría que desde una boca tan pegada a nuestra piel que el mismo aliento entrecortado ahoga las palabras que pronuncia. Pero también desde lejos, y esa mezcla de lejos y cerca mete droga en la sangre. Ecos que trastornan y excitan, que en vano se procuran ahuyentar, dime más, no oigo bien, ¿quién eres?, ven más cerca.

−Soy yo, Rosario Tena, ¿estás ahí?... Bueno, veo que no estás, o no te quieres poner, que es lo mismo. ¿Te acuerdas de mí? La profesora de las gafitas... En fin, no me quiero poner ácida. Dentro de unos días salgo para Santander, me quedaré todo el verano o puede que para siempre. Antes necesito verte, es inaudito que no nos veamos. Por favor, llámame, pagando lo que sea. Yo es la cuarta vez que lo hago. Un beso. *Ciao*.

Es el recado que me encontré aquella noche en el contestador, al volver del poblado indio. Lo escuché ya en la cama, con los ojos cerrados. Le di a la tecla y me volví de espaldas. Era algo reciente, metido en la máquina poco antes, tal vez mientras yo hablaba con papá de mis cuentas pendientes con esa persona, pero la urgencia del mensaje, su actualidad, la queja e incluso el leve sarcasmo −¡tan comprensibles!− por parte de alguien que sufría y me echaba de menos, que seguramente no me había dejado de querer, quedaban cruelmente arrinconados, desactivados, ya lo pensaré mañana.

En cambio, el pasado y sus huestes trepaban por la única frase que me inyectaba turbación, «pagando lo que sea». A Rosario, al decirla, se le había puesto la voz de

116

mamá, aquel tono tan suyo entre cínico, bromista e impaciente con que se enfrentaba a la incompetencia, la cobardía o la lentitud de reflejos, «por favor, pagando lo que sea!». Ella nunca tomaba indecisiones ni se demoraba en cumplir lo pactado, si la engañaban, miraba a los ojos. Sabía salir sola de los atolladeros, y también se equivocaba sola. En este caso emprendía el camino de consolación que lleva al bosque tupido de las metáforas, era inútil llamarla, se había escondido allí.

«Bajaré al bosque esta noche», murmuré ya medio dormida, «quiero verte, lo demás no importa. Tengo que encontrarte en el bosque, pagando lo que sea.»

Me dormí enseguida, pero el encuentro debió de producirse ya contra el día. Dicen los tratadistas de lo subterráneo que esos plazos no se pueden medir por muy tenazmente que se eche la caña en sus aguas revueltas y profundas («¡oh Innana, no investigues los secretos del mundo inferior!»), aunque sospechan —eso sí— que en escasos segundos de los del mundo superior ahí abajo puede pasar de todo, cabe un argumento con preámbulo, nudo y desenlace, incluidos otros datos que no aclara lo mostrado en escena, como si tuviéramos escondido dentro un novelista al que nunca se ve la cara, pero que en cuanto cerramos los ojos arranca a toda mecha. Y nos deja siempre con la sed de otro capítulo.

Yo iba a ver a mamá. Alguien me tenía que haber dado sus señas, pero no sé quién, era una trama oscura, sólo sé que llegaba de noche y con miedo, pisando por un terreno resbaladizo, y miraba a la luz de un farol un papel parecido al que me dio papá para llegar al poblado indio, pero con las palabras borradas porque le había llovido encima. Vivía ella de incógnito en un refugio de los bajos fondos, y se avergonzaba de no haberse muerto y de los líos que la situación podía provocar si se levantaba la liebre. Andaba sin papeles, había envejecido y compartía su suerte con un chico parecido a Félix que la maltrataba y la obligaba a trabajar de equilibrista en un circo. «Fíjate si nos pasa algo», me dijo, «no tenemos ni siquiera seguro de enfermedad.» La vivienda era una especie de palafito sobre un río sucio y se accedía por unas tablas rudimentarias a modo de puente. Se había quedado pálida al verme y me rogaba con las manos juntas que no le contara a nadie que aún vivía, por favor te lo pido, pagando lo que sea, pero no había cinismo ni risa en su voz, sólo terror. Le temblaban los hombros y hablaba en voz muy baja, mirando a Félix, que estaba tumbado de bruces en el suelo, posiblemente borracho. Supe que todo se arreglaría si nos abrazábamos ella y yo, pero no era capaz de acercarme ni de decirle una frase cariñosa, aunque lo deseaba mucho.

Me desperté y busqué a tientas mi agenda para apuntar el sueño, pero cuando la estaba tocando dentro del bolso tirado en la moqueta (lo cual venía a ser un logro parecido al de besar a mamá), me di cuenta de que andaba gente por la casa y de que precisamente aquellos ruidos eran los que me habían despertado. Alguien se paró a la puerta del dormitorio.

—¡Tomás! —exclamé—. ¡Menos mal que has vuelto!

Pero no era Tomás. Lo noté enseguida. Él nunca llama con los nudillos.

—¡Adelante!... Ah, es usted, Remedios. Buenos días. ¿Y cómo viene hoy?

—Pues porque me toca. Es martes.

Era corpulenta y hablaba con acento gallego, cuñada de la portera. Llevaba año y medio subiendo dos veces por semana a limpiarnos el piso, y estaba empeñada en enseñarme a guisar, obstinación francamente meritoria si se tiene en cuenta mi desinterés.

—¿Martes? —pregunté, mientras miraba de reojo la

118

agenda, que ya había rescatado del maletín de prestidigitador, junto con un boli.

—Sí, señorita. Por todo el día. ¿Qué pasa? ¿No va hoy a trabajar? Son más de las diez. No estará mala.

(¡El sueño! Era urgente. Tenía que descifrar el sueño. Sentía como si estuviera reflejado en un espejo, pero del revés.)

—Un poco. Claro, por eso creí que ayer era domingo, porque no fui a trabajar, no me encontraba bien... ¿Fue ayer? Sí, sí, ayer.

Junto a las escenas del pasado reciente, empezaban a perfilarse los dilemas. Me convenía telefonear al archivo. Y luego estaba el recado de Rosario, pobre Rosario, igual había dormido mal. Al fin y al cabo, ¿qué tenía yo contra ella?

—Pues una amiga suya estuvo llamando ayer por la tarde aquí y no le abrieron. No estaba usted.

—Estaría dormida. ¿Qué amiga?

—No sé. Le dejó a mi cuñada este sobre. Dice que era muy simpática, con canas, me ha dicho.

Lo cogí. Era un sobre amarillo bastante abultado. Traía remite de Magda, mi compañera del archivo. Mira que es meticona, si no viene, revienta.

—Ah, ya, es un asunto del trabajo. Ahora lo abriré —dije de mal humor.

—Pues nada. He traído pomelos. ¿Quiere que le haga un zumo?

—Sí, muchas gracias.

—No sé cómo le puede gustar una cosa tan agria, donde esté un trozo de tarta de Santiago... Pero en fin.

Se marchó y dejé el sobre de Magda en el suelo. No quería distraerme con argumentos accesorios hasta haber apuntado el sueño, era demasiado raro como para dejarlo escapar. Pero ya se había contaminado un poco de la luz intempestiva de aquel martes y a la escena, algo desmoronada por los bordes, le empezaban a crecer yerbajos y adherencias confusas. De todas maneras, el gigoló que se parecía a Félix seguía tendido de bruces en el suelo, sin moverse. Alguien, tal vez yo misma, lo estaba iluminando con una linterna y decía: «¡que nadie toque nada!», frase que no venía en el sueño inicial. Pensé que he visto en mi vida demasiado cine. El escondite de mi madre (cuya figura, por cierto, se esfumaba cada vez más) era exactamente igual al de Richard Widmark en la película de Samuel Fuller *Manos peligrosas*. Todo esto lo apunté en el apartado «EXCRECENCIAS» de mi agenda. Algún día tengo que ampliar estos resúmenes y pasarlos a limpio, aparecen cosas muy singulares. Aunque nada más pensarlo ya supe que no lo haría nunca, así que aventé la idea. Luego me metí en el cuarto de baño.

Y ya bajo el chorro de la ducha, que siempre me inspira, seguí sacándole punta al circuito incesante que se establece entre el cine, los sueños, las normas de conducta y la interpretación de la realidad. Al decir «Rosario Tena», por ejemplo, ya casi nunca pensaba en la profesora que me dio clase en mi último curso de carrera como auxiliar de Historia del Arte, aquella chica no mucho mayor que yo, ni tímida, ni pedante, delgada, con gafitas. Ante las diapositivas de los cuadros que explicaba, se expresaba con pasión y claridad, siguiendo las líneas de un paisaje o un rostro con sus dedos afilados, como si estuviera contando cuentos a un niño. Si había desaparecido con tales atributos –me dije mientras el agua resbalaba por mi cuerpo desnudo que veía reflejado en la pared de espejo–, la culpa la tenía Joseph Mankiewicz. Desde que, unos años más tarde (cuando yo ya vivía en el apartamento de paredes azules), mi madre la admitió en la parte alta del dúplex donde había puesto su nuevo estudio, Rosario pasó a tener la cara y los gestos de Anne Baxter, aquella admiradora supuestamente ingenua pero pérfida, que acaba suplantando a Bette Davis en una de las películas que he visto más veces: *Eva al desnudo*. Y mirando mi propio desnudo puse cara de interrogación, anda, que también llevaba dinamita caer en la cuenta con tanta seguridad precisamente en aquel momento, ¿quién hace coincidir las cosas de esa manera?, si es que no sabemos nada de nada, queda todo por descubrir, asoma de vez en cuando una punta de iceberg y nos pavoneamos como si el mérito fuera nuestro. Pues sí, la culpa la tenía *Eva al desnudo*, lo que son las cosas. Todo lo que ignoraba de la amistad posterior entre Rosario y mamá lo inventaba sin querer sobre la falsilla de un guión cinematográfico servido por dos rostros de mujer en blanco y negro. Y al acordarme de la profesora de las gafitas, cuya voz dolida se encerraba aún reciente en el contestador, me alarmó mi permanente y viciosa instalación en lo irreal.

En el espejo, salpicado de gotitas, el rostro de mamá, coronando mi cuerpo desnudo, se iluminó con una mueca de cachondeo que disolvió mis remordimientos. Agitaba la melena mojada.

–O sea, que entonces yo soy Bette Davis. Mírame bien, ¿me ves ojos saltones?

Me acerqué al espejo, riendo también. Éramos idénticas.

–Pues no, francamente. Estás muy guapa y muy rejuvenecida. ¡Qué gusto que lo de Félix fuera un sueño! No vives con él, ¿verdad?

–No sé quién es Félix. Cuando te da por delirar, no se te puede dejar sola. ¡Mira que colgarle un crimen a la pobre Rosario! A ver si le haces un poco de caso, que lo está pasando fatal. Al fin y al cabo, quien me la metió en casa fuiste tú. Decías que era maravillosa. Te entran unas manías...

Me acerqué al espejo y puse los labios sobre mi

imagen. Eran las paces que habían quedado pendientes en el sueño.

–¡Qué gusto que me riñas y estés tan viva, mamá! Ven esta noche, ¿vale?, pero ya sin Félix. Ahora te tengo que dejar. Asuntos domésticos, ¿sabes?

Remedios, la asistenta, llevaba un rato diciendo algo al otro lado de la puerta. Cerré el grifo de la ducha, le dije adiós a mi imagen con la mano, me puse el albornoz y salí. Estaba dispuesta a ser amable con todo el mundo.

–¿Qué hay, Remedios? ¿Decía usted algo?

Estaba parada en mitad del dormitorio con una cara de profundo asombro.

–Sí, claro. ¿Qué ha pasado en la cocina?

–¿En la cocina? No sé. ¿Se ha roto algo?

–Romperse no. Pero han desaparecido la licuadora, el turmix, los cuchillos y... bueno, para que voy a cansarla, todos los cacharros en general.

–¡Ah, vamos! Creí que era otra cosa.

–¿Otra cosa? Es que la cocina entera es otra cosa de arriba abajo, no hay quien la conozca, señorita, perdone que se lo diga. Si quiere dejarla así tal como está, pues bueno, yo no me meto, pero entonces ¿dónde se va a guisar? Y ya no digo un caldo gallego como Dios manda, sino una simple tortilla.

Mientras la acompañaba al lugar del conflicto, procuré explicarle que se trataba de un cambio provisional, y para dar mayor verosimilitud a mi aserto me apliqué sin demora a despejar la mesa y a trasladar libros y cachivaches a su lugar de origen, que (como pasa siempre en este tipo de mudanzas) no era exactamente el mismo; con lo cual, al depositarlos en otro, se infiltraba el virus de la pérdida.

Remedios, que me seguía los pasos sin dejar de hablar, aprovechó mi actividad, insólita a aquellas horas, para desgranar una serie de consejos, recados y pequeños agravios que almacenaba desde hacía varias semanas.

Total, que a partir de ese momento hasta que abandoné la casa hora y pico más tarde, sin saber muy bien qué dirección tomar, los añicos de todos los asuntos pendientes no hicieron más que reclamar mi atención, sustituyendo cualquier propósito por el de armonizar las sugerencias y reflejos que de cada uno recibía.

Volvía a hacer un calor horrible. Alrededor del mediodía, llegué con la cabeza hecha un bombo a la terraza del Bellas Artes, pedí un granizado de café y abrí el sobre amarillo de Magda.

Lo primero que salió fue una nota manuscrita de ella:

«Te acompaño», decía, «esa fotocopia enviada por mi amiga Emma, la profesora de la Universidad de Barcelona de que te hablé, y que espero entretenga tu estancia en la cama. Me imagino que te interesará saber que Vidal y Villalba no era italiano, como pretendía hacer creer, sino hijo de unos humildes menestrales de Barcelona. Bueno, y muchos más detalles, todos bastante sabrosos, sobre las andanzas de tu querido embustero. No te quiero destripar el cuento. El único inconveniente es que el artículo viene en catalán, y no me acuerdo si este idioma se cuenta entre los que dominas. De todas maneras, caso de que necesitaras un diccionario de catalán, llámame, porque yo tengo uno y no me cuesta nada llevártelo. Que te mejores y un abrazo, Magda.»

Había también una ficha manuscrita sujeta a la fotocopia con un clip. La caligrafía era diferente, más apaisada. Decía:

«Del libro *Vuit segles de cultura catalana a Europa*, Ed. Biblioteca Selecta, Barcelona, 1958, págs. 159-166. Siento haberme retrasado en mandártelo,

123

pero es que ando loca de trabajo. Ojalá le sirva a tu amiga. Afectuosamente, Emma.»

−Perdone −me dijo el camarero, que acababa de salir con el granizado de café−. Si no retira un poco los papeles, se le van a ensuciar. El velador es pequeño.

−Sí, y asienta mal −dije, mientras trataba de dejar libre algo de espacio.

−Bueno, eso tiene arreglo.

Me hice un poco de lío con el bolso y los papeles, algunos de los cuales se cayeron al suelo. Me agaché a recogerlos y mis manos se rozaron con las del camarero, que se había arrodillado para afianzar la base del velador con la solapa de una caja de cerillas.

Salí a la superficie, sofocada y resoplando.

−Cuando se ponen las cosas de mal través... −refunfuñé.

−Tranquila, mujer, no te pongas nerviosa −sonrió el chico, a quien nuestro breve encuentro bajo el velador parecía haberle dado pie al tuteo−. Son cuatrocientas, si no te importa pagarme ya. Pero tranquila, no hay prisa.

Yo acababa de leer el título del artículo y no sabía a qué atender.

−Si estoy tranquila −dije, mientras sacaba el monedero−. Lo que pasa es que todo son puntas de iceberg.

El camarero se echó a reír.

−No estaría mal, con el calor que hace. Aunque me figuro que será una metáfora.

−Pues sí, hijo, más bien −sonreí−. ¿Te gustan las metáforas?

−Bueno, las practico en mis ratos libres. Ayudan a aguantar marea. El gremio nuestro anda plagado de poetas, a poco que te fijes lo notarás −dijo, mientras recogía la bandeja.

−Ya. Ya me había fijado.

Le dejé una buena propina. Enseguida lo llamaron de otra mesa y yo volví a mi tarea con avidez. El artículo fotocopiado se titulaba *«Lluís Vidal, català extra-vagant»*, y ofrecía un comienzo muy estimulante:

> *«Extra-vagant, en el sentit etimològic del terme, i extravagant de tarannà, l'aventurer Lluís Vidal és l'exageració d'un tipus molt català...»*

La palabra *«tarannà»* no la conocía. Me tomé el granizado de café, y tras una breve pausa metí los papeles en el maletín de prestidigitador y me levanté decidida.

«Al fin se le configura un rumbo a esta mañana tan rara», pensé mientras cruzaba el semáforo hacia los impares de Alcalá, donde se inicia la Gran Vía. Gran Vía arriba era lo mejor, no tenía prisa, qué gusto haber dejado el coche en casa, 36 grados marcaba el termómetro luminoso sobre la joyería Grassy. Bueno, en verano es lo suyo. Enfilé la acera de la sombra y caminaba a gusto, mirando de vez en cuando los remates y balcones de los edificios. ¡Qué fina, qué moderna esta avenida cuando la inauguró Alfonso XIII a principios de siglo! Y tan decadente ahora, tan abandonada, tan invadida de cajeros automáticos como de mendigos, esplendor enlatado y miseria en rama. Pero aquellas reflexiones, que ayudaban a remansar el ritmo de mis pasos, no me desviaban del propósito que los encaminaba Gran Vía arriba. Mi meta era la librería de Espasa Calpe. Necesitaba un diccionario de catalán sin pérdida de tiempo. Todas las otras puntas de iceberg desaparecían.

XII. LA ESTATUA VIVIENTE

La ciudad a veces se convierte en una víscera que empieza a funcionar mal, y al llegar a una esquina determinada te asalta de improviso el dolor desconocido, como una punzada en el páncreas.

Cuando salí de Espasa Calpe con mi reciente diccionario de catalán dentro de una bolsita transparente, todo mi ser era un globo escapado de las manos de un niño. Sólo sabía que no tenía ganas de volver a casa y que huía a la deriva de cualquier propósito, incluido el de encontrar un sitio donde sentarme a comer y tal vez iniciar aquella traducción poco antes tan urgente. Conozco bien esa prisa abrasadora por poner el primer ladrillo en la base de edificios que luego muchas veces se quedan por levantar; o sea que no ocurría nada alarmante. Llevaba mi ladrillo encerrado en su envase, era pequeño, de color rojo, y me encontraba bien, la ciudad no me dolía ni se me clavaba. Caminaba perdida entre la gente, a paso perezoso, concentrada con insistencia obsesiva en la palabra «*tarannà*», igual que cuando se repite el estribillo de una canción pegadiza que desplaza y anula cualquier otro pensamiento. Antes de comprar el diccionario, lo había abierto por la te, y me había enterado de que *tarannà* quiere decir carácter, modo de ser. O sea que Vidal y Villalba era extravagante por tarannà; me gustaba haber aprendido esa palabra nueva que invadía mis ramificaciones cerebrales exterminando cualquier germen maligno de preocupación, tarannà, me hacía gracia y compañía como un amigo nuevo topado por azar, intrascendente; yo de mi propio taranná sé poco, bueno, pero no importa, vamos Gran Vía adelante, espera, semáforo en rojo, tarannà, tarannà, tarannà. A ratos me sonaba un poco a tarambana, el tarannà de don Luis, otras a nada, simplemente a redoble de tambor, y yo desfilaba a sus acordes, balanceando la bolsita con el libro de cuyas páginas surgía aquel vocablo amigo que había originado mi placentero deambular. Y así hasta la esquina del metro de Santo Domingo.

Por aquella bocacalle vino la puñalada que todavía me duele cuando la recuerdo a dos años y medio de distancia, aunque quiera pensar en otra cosa, cicatriz que vuelve a dar punzadas. «Es que va a cambiar el tiempo», se suele comentar en casos así. Pero nadie piensa en la climatología al decirlo, sino en el otro tiempo, el transcurrido desde el accidente. Y lo que se revive es el accidente mismo, al tocar la cicatriz, los cambios acarreados a partir de la fecha en que se produjo.

Lo vi desde lejos antes de cruzar, subido en una tarima pequeña, inmóvil, vestido de diablo. La gente se paraba un poco a mirarlo, porque hace dos años los mimos callejeros no formaban, como ahora, parte integrante del paisaje urbano, eran excepciones aisladas y chocantes. O sea que llamaban la atención, igual que siguen pretendiendo, aunque con menos éxito, llamarla ahora. Llevaba la cara pintada de betún y un casquete ajustado con cuernos, también negro, lo mismo que las manos, los pies y una capelina corta. Pero la malla ajustada al cuerpo era roja. Esgrimía un tridente.

Me acerqué con una mezcla de curiosidad y aprensión y me detuve a pocos pasos de él. Lo primero que pensé es que debía estar pasando mucho calor tan enfundado en el disfraz, con aquellos guantes de manopla y luego el agobio del maquillaje y el esfuerzo de no mover ni un músculo. Claro que estaba a la sombra, pero así y todo. Luego me fijé a ver si tenía rabo, y lo tenía, poblado, una cola de zorro artificial. ¡Qué curioso!, y alas también. Era lo más bonito, unas alas membranosas pegadas a la capelina imitando las de un insecto enorme, pero desiguales. La derecha medio rota y más caída. Parecía ideado a propósito, un posible homenaje al descalabro de Lucifer al ser arrojado del Paraíso. La postura debía resultarle incómoda, echado para atrás, en equilibrio algo inestable.

Luego, por fin, es cuando le miré a la cara, y me quedé tan estatua como él mismo. Porque a pesar de que se la cubría a medias con la mano que dejaba libre el tridente y aun contando con que el maquillaje negro podía despistar, se parecía tanto a Roque que era Roque. ¿Lo estaba viendo de verdad o se trataba de una alucinación? «También inventa cosas para seguir jugando a ser otro», me había dicho Félix pocos días atrás. «Su fantasía va por libre.» Yo eso lo sabía muy bien y es lo que me gustó de él desde el primer día, nos unió la repugnancia a ser fiscalizados por nadie y menos uno por otro, nos reíamos de las parejas que intentan compartirlo todo a expensas de la propia libertad, se espían mutuamente o se endilgan sermones. Más tarde –todo hay que decirlo– yo fallé por ahí cuando empecé a sufrir atrozmente de celos, se me quebró esa ala y fui expulsada del Paraíso, son cosas que pasan, que ya han pasado, nadie tiene la culpa, mejor no hurgar en ellas.

No me atrevía a mirarle con intensidad. Había percibido apenas un fulgor estático de ojos en blanco, el rictus de la boca y el brazo en ángulo recto cubriendo a medias la nariz aguileña. ¿Era él? No estaba segura del todo, y aquella imprecisión acentuaba el «dolor de esquina», que así llamo desde aquella mañana de julio a eso: a un trozo de calle que se te clava.

Y menos aún me atrevía, naturalmente, a preguntarle nada, estatua como era al fin y al cabo, o tal lo pretendía su apariencia. No sólo por vergüenza de la gente detenida a mirarlo igual que yo, ni por la distancia que ponía entre nuestros cuerpos su inmovilidad y la mirada aquella perdida en el vacío, sino además —y eso era lo peor— por la vuelta de tuerca que había pegado el tiempo, era lo que dolía, los años transcurridos desde la última bronca que nos separó definitivamente, resentimiento de herida vieja. Me avergonzaba recordar aquella escena vulgar y sin excusa provocada por mí y condenada al desastre total, una tentativa fuera de lugar por hurgar en el rescoldo de un fuego apagado, cerril ataque de amor propio y soledad, mala mezcla, y yo era la primera en saberlo antes de presentarme en su casa; pero oírselo decir a él me sacó de quicio, «impropio de ti, *honey*», sonreía, y yo rompí un jarrón como en las películas

Nunca había estado antes en aquella habitación, venía él a la buhardilla empapelada de azul, donde a temporadas se quedaba a vivir, yo alardeaba de mi horror a las intromisiones en la vida de nadie, y por su apartamento nunca quise pisar, lo compartía con un hermano menor que salió algo asustado al oír el ruido del cacharro estrellado contra el suelo, pero él no miraba ni siquiera los trozos, alguno lo apartó con el pie con gesto displicente, «impropio de ti, *honey*», y sonreía.

Busqué tímidamente su sonrisa apenas esbozada tras aquel guante negro de manopla, y era bastante parecida, o tal vez no, siempre se me mete por medio la Gioconda cuando intento hacer valoraciones de este tipo, el cuadro que con más precisión desmenuzaba en clase Rosario

Tena cuando era la chica de gafitas que me caía tan bien; seguramente en el rictus de la boca burlona de Roque pudiera haber rastros de aquella sonrisa inmortal, pero a él se lo llevaban los diablos cuando me lo oía decir, uno de esos diablos que finalmente lo había poseído y clavado en una esquina de la Gran Vía, no aguantaba a la Gioconda, le parecía genial que Marcel Duchamp le hubiera puesto bigotes a la Gioconda, «esa profesora tuya debe de ser un poco cursi, ¿no?, qué paliza con la Gioconda», «bueno, pero tú tampoco me des la paliza con Marcel Duchamp», «golpe encajado», admitió. Y nos reímos.

–Parece de verdad –dijo una señora de oscuro que estaba a mi lado.

–Eres tonta, mamá, ¡como que es de verdad! –dijo la joven que la acompañaba.

–¿Tú crees? Se atreven con todo. Pues no suda.

–Pero acaba de parpadear. Es de verdad, te digo.

–No estés tan segura –intervine yo–. Algunos muñecos también parpadean.

Y supe que lo había dicho para que Roque, si era Roque, oyera mi voz. «Que es lo más peculiar que tienes», me dijo un día, «la reconocería entre mil, por muchos años que pasen.» Pero no se inmutó. Ni siquiera al oír el sonido de la moneda que la muchacha aquella echaba en su platillo antes de irse agarrada del brazo de su madre.

–No tenías que haberle echado nada –iba diciendo ella.

–¿Por qué no? Es un artista.

–Ya, ya, valiente artista. Con tal de no trabajar como Dios manda...

Otros transeúntes también le echaban monedas al platillo, y él seguía impasible, mirando al vacío, sin que el brazo mantenido en el aire le temblara. Me pareció que llevaba demasiado tiempo clavada allí, a la espera de

131

un milagro que no iba a producirse, estaba claro, pero no me marchaba. Temía estarme contagiando de su condición de estatua y el propio miedo me empezaba a agarrotar los miembros, tampoco era capaz de gritar pidiendo ayuda, aunque de todas maneras confiaba en que alguien se tenía que dar cuenta. Fue como si a mi ser entero se le escaparan las fuerzas, necesitaba oír llegar el pitido de una ambulancia, ¿cómo no me prestaban ayuda?, me estaba desangrando en plena calle. Y nada, todo igual, sin moverse el diablo y sin moverme yo, rodeados de gente distraída, indiferente, que esparcía a voleo comentarios banales como si se movieran entre las esculturas de piedra de un cementerio.

Tal vez no fuera Roque. Yo había bajado los ojos y sus tobillos se me antojaron algo más gruesos, tal vez se le hubieran hinchado de estar tanto rato de pie, a la cara ya no me atrevía a mirarle. Pero ¿y si fuera él? Entonces sería horrible. Si es él y no me conoce y no me mira −pensé−, también habré soñado que tuve una madre, que aprendí ruso, que estudié Historia del Arte y compuse canciones de entrerrock, que me gusta el zumo de pomelo, que he llorado muchas noches cuando nadie me veía; será como si una esponja empapada en vinagre borrara sobre la pizarra de mi pasado toda huella de tiza, cualquier alusión al crecimiento y al enlace de unos episodios con otros, se convertirá en humo la esperanza, en mentira el desengaño y en cifra equivocada la osadía, aquellas ganas de jugar a lo que saliera, de seguir apostando siempre por lo no conocido, todo el amor al riesgo que Roque fomentó, y mentira mi cuerpo y el suyo, mi palabra y la suya. Y mentira también la muerte.

Nos habíamos quedado solos el uno frente al otro. Tocaban a despedida. El corazón me latía tan fuerte como la primera vez que lo vi apoyado en un extremo de la barra del Fuego Fatuo, él solo, con una bufanda clara, y entendí inmediatamente que era mío, parte de mi vida. Tampoco aquella noche me había mirado, ni lo hizo a lo largo de varias semanas. Muchas más aún tardó en confesarme que me había visto de sobra, que esperaba con ansia mi llegada y me observaba a hurtadillas como yo a él. Pero posiblemente eso también era mentira.

Me atreví a alzar los ojos y le busqué las orejas que tantas veces había besado, pequeñas, descaradas, inconfundibles, pero las llevaba tapadas con el casquete de diablo.

Conseguí arrimarme a la pared y me apoyé desfallecida a poca distancia de su cuerpo. Mi cabeza le llegaba por el codo, a causa de la tarima. Sus ropas no olían a nada. Le miré de perfil.

–Roque –logré decir, ni muy alto ni muy bajo–. Adiós, que tengas suerte. Y siento haber roto aquel día el jarrón.

No se movió. Entonces saqué del bolso la agenda, arranqué una hoja y apunté en ella mi número de teléfono. Luego, ya sin mirarle, me agaché a dejar el papel, junto con una moneda de quinientas, dentro del platillo cóncavo que tenía en el pedestal. Me daban ganas de arrodillarme y besarle los pies como a un Cristo, pero no parecían sus pies, se los desfiguraba mucho el calzado en punta con un dibujo de llamas en naranja fluorescente. Un poco hortera eso. Tal vez no fuera Roque. Y además daba igual.

Me marché de allí sin volver la cabeza. «El secreto de la felicidad está en no insistir», iba diciendo Gran Vía abajo; creo que es una cita de Gregorio Martínez Sierra, un autor que por lo visto le gustaba a mi abuelo, mi madre se había enterado de que a don Gregorio las obras se las escribía su mujer, María, pero no quería decírselo al abuelo para que no se disgustara, otra punta de iceberg, quedaba pendiente la visita al abuelo, podía entrar diciéndole eso, «el secreto de la felicidad está en no insistir», y sería mamá quien le mirara al decirlo, porque yo no he leído a Martínez Sierra, a ver qué pasaba, buena idea, pero en el abuelo, por el momento, mejor no pensar, ni en Ramiro, eran demasiadas cosas. «Felicidad, secreto, felicidad», repetía mientras apretaba el paso, tratando de no hacer eses y de controlar al mismo tiempo el ritmo de la respiración. Y acabé comprendiendo que la palabra felicidad era un peso muerto. La envolví en un periódico viejo y la tiré en la primera papelera que me salió al paso, olía mal y tenía restos de sangre. Con el secreto, en cambio, me quedé. «Será lo último que tire a la basura», me prometí entre dientes, «bajará conmigo a la tumba, cuestión de carácter, tarannà.»

Me empezaba a sentir mejor. La ciudad se iba rehaciendo poco a poco y mi taconeo sonando más firme, a medida que me alejaba de aquella esquina desde donde me saltó al cuello la mordedura de la zozobra; los secretos pasados y futuros hilaban su copo armoniosamente en torno a la palabra tarannà, y mi paseo recuperaba su gratuidad, su falta de designio, tarannà, tarannà, puro dejarse ir, abono de presente para un campo agostado.

Cuando me quise dar cuenta, estaba sentada en un banco de la Plaza de España, mirando las estatuas de don Quijote y Sancho. No me gusta que el caballero vaya tan delante y aguerrido, lanza en ristre, dejando atrás al otro pobre. Yo siempre me los he imaginado andando uno al lado de otro para que se puedan oír, porque, si no, ¡vaya compañía!, y lo importante es lo que dicen, las palabras que han quedado para siempre; de qué sirve que a esas estatuas, que ya no conmemoran nada, les saque fotos un turista japonés. Sancho se encoge de hombros.

«Pero digan lo que quisieren; que desnudo nací, desnudo me hallo, ni pierdo ni gano; aunque por verme puesto en libros y andar por ese mundo de mano en mano no se me da un higo, que digan de mí lo que quieran.»

A mí es que las estatuas me dan mucha pena. Tan inmóviles.

En cambio, mi cuerpo se iba desentumeciendo y los recuerdos abejeaban en tropel, como si quisieran salir todos al mismo tiempo por una abertura demasiado estrecha. Se movían y me movían a mí por dentro, sentía la trepidación. Y era vivir de nuevo, reenhebrar los sueños enterrados. Y la pizarra del pasado volvía a cuajarse de signos de tiza.

Las noches que soñaba con él no me levantaba de la cama hasta muy tarde para no abandonar el sitio donde se había producido el encuentro. Era esporádico, entre mis trece y dieciocho años, calculo. Un sueño que se prolongó incluso después de empezar yo a tomar la píldora, y que olvidaba de una vez para otra hasta que reaparecía como un acontecimiento conocido. Solía apuntar la fecha al despertarme, porque a esa edad lo apuntaba casi todo. Eran fechas cada vez más espaciadas, enlazadas entre sí por un pasadizo raro. «Otra vez ha venido», ponía, «todavía existe», o «llevaba medio año sin aparecer». Y a continuación una inicial de alfabeto ruso rodeada de rayitos a manera de sol, porque yo sabía ruso; la inicial variaba de unas veces a otras, pero me encantaba dibujarla y colorearla, me parecía que haber estudiado ruso me servía sobre todo para mis secretos, por ejemplo ese incubado a través de túneles de sombra que me sacaban a

135

la luz donde me esperaba un amigo sin nombre. Le inventaba cada vez un nombre.

Uno de los pocos empeños tenaces de papá con respecto a mi educación fue que aprendiera desde pequeña aquel idioma que él no conocía y que me estuvo enseñando durante años una señora amiga suya, recién llegada de Moscú, donde se había exiliado con otros niños de la guerra. Se llamaba Mila y vivía por Antón Martín en un piso miserable, no muy lejos, por cierto, de la buhardilla empapelada de azul que más tarde alquilé yo y en la que estuve viviendo hasta que conocí a Tomás. Era paciente, melancólica, amable y desde luego muy buena profesora. Pero a mí me daba mucha pereza tener que subir tres veces por semana cinco pisos de escalera empinada para meterme en aquel cuarto mal ventilado y lleno de retratos y flores de papel que daba a un patio oscuro. Y luego que el ruso es muy difícil, para qué nos vamos a engañar. A lo largo de aquellas mañanas tediosas entendí por primera vez lo que significa heredar algo. Mi padre me transfería su deseo insatisfecho por aprender una lengua para él mítica, y yo heredé, quieras que no, el homenaje a una guerra que no era la mía, a manera de penitencia que acabé aceptando. Más tarde, sin embargo, esa penitencia (la única, a decir verdad, que me infligió mi padre) vino a convertirse en bendición del cielo, porque una licenciada en Historia del Arte lo tiene más bien crudo para ganarse la vida y en música nunca pasé de amateur. En cambio, traductores de ruso hay pocos buenos, y los pagan bien. Gracias a eso me pude ir de casa.

Pero, antes de dar semejante paso, dibujar iniciales rusas rodeadas de rayos de sol para designar al protagonista nocturno de mis sueños adolescentes me parecía suficiente pago. Lo raro es que con tantos años como han pasado y tantas historias capaces de echar tierra sobre las imágenes borrosas de aquel *leit-motiv*, resurja todavía de vez en cuando como una presencia fantasmal y al mismo tiempo con la intensidad de lo vivido muchas veces, una sensación parecida a la que, según dicen, experimenta un ciego cuando intenta recordar los colores. No sé si la apariencia corporal de aquel hombre era la misma de una vez para otra, creo más bien que lo que me llevaba a identificarlo era que lo sentía antes de verlo y empezar a alcanzarme las ondas de su vibración protectora, la noción de que andaba por allí cerca. Pero desde luego yo notaba que no vestía como los demás, y tampoco estaba muy segura de que los demás lo vieran. El argumento de aquellos sueños era bastante elemental, por otra parte. Coincidíamos en locales cerrados con otra gente, todo el mundo riéndose, bailando o buscando a alguien, pero un poco perdido. Reconocía a amigos míos de los de carne y hueso y era con quienes hablaba más que con él. Solían ser cuevas con pasillos y la trama cambiaba poco. Otras veces salíamos a la superficie y yo sabía que era París, mucho frío, farolas, nunca había estado en París, pero reconocí la ciudad en aquellas calles y en aquellos ambientes profundos, cargados de humo. Yo, si no lo sentía a él cerca, tenía miedo, aunque estuviera rodeada de amigos, aunque alguno de ellos incluso me estuviera abrazando. Pero cuando lo veía a él al fondo del local, o simplemente notaba que había entrado, que estaba allí, se me pasaba el miedo, y lo buscaba con la mirada para decírselo. Y si salíamos a la calle, salía él también. Al despertar, nunca recordaba que hubiéramos mantenido ninguna conversación memorable, pero sí la promesa de no fallarnos, de volvernos a encontrar otro día. No se trataba de sueños eróticos. Nunca me besó.

–¿Qué te pasa? –me preguntaba a veces mamá, si entraba en mi cuarto y me encontraba con la cabeza metida debajo de las sábanas.

—Nada, déjame.

—¿Pero estás mala o te pasa algo?

—Por favor, déjame.

—Te iba a recordar que hoy...

—¡No me recuerdes nada! Bájame la persiana, por favor.

Luego, durante el día, jugaba a llamarle imaginariamente por teléfono, casi siempre a hoteles donde no sabía cómo preguntar por él, ya que no conocía su nombre, y por eso colgaba en cuanto me decía «allô?» un recepcionista que solía ser Mischa Auer; otras veces, si me paraba delante de un escaparate, cerraba los ojos muy fuerte, segura de que al abrirlos lo vería reflejado detrás. Pero nunca vino.

A todas éstas fue pasando el tiempo, me enteré bastante pronto de lo que tiene que hacer una chica para no quedarse embarazada, empecé la carrera y la seguí con altibajos, me gustaba gustar (tendencia que se ha ido matizando), me atuve a las recetas de rigor para sacar partido de ser joven, y supe que casi todas las personas de mi edad —rizofitas o no— teníamos problemas parecidos pero nos gustaba contar otros, disfrazarnos de algo que no éramos aún o no seríamos nunca, y en aquel baile de disfraces sólo podía resistirse bebiendo, exhibiendo descaro y desconfianza en el amor para siempre de las películas. Yo tenía mucho éxito con los chicos, lo sabía. Pero hasta que una noche en el Fuego Fatuo, adonde acudía asiduamente con rizofitas de ambos sexos, vi apoyado en el extremo de la barra a aquel chico flaco de la bufanda clara, nunca se me había ocurrido vincular con ningún ser de carne y hueso al desconocido reincidente de mis sueños, designado sobre el papel con diferentes iniciales rusas.

No lo conocí inmediatamente ni pregunté a nadie cómo se llamaba, para hacerlo coincidir durante el mayor tiempo posible con la aparición subterránea que, por cierto, llevaba varios años negándome sus favores. Y cuando por fin Roque (la primera persona que me arrancó la cáscara del pasado y extrajo de mí la pulpa de un presente sin contrición) empezó a mirarme y a dejarse mirar por mí, saboreé la certeza de que era él, el del sueño, y al cabo de los años lo que brilla y permanece de mi relación con Roque es sobre todo la primera etapa de silenciosa complicidad, los preparativos del viaje. Porque luego, cuando pasó lo que tenía que pasar sin remedio, aquella cueva ideal donde depositar verbalmente mis incertidumbres y sueños, fue convirtiéndose exclusivamente –si he de ser sincera– en el temblor insoportable y ciego de mi cuerpo esclavo de los caprichos del suyo.

Serían las cinco y media cuando me levanté del banco de la Plaza de España. Hubo un rato en que estuve tentada de meterme a ver alguna película en los Alphaville para cambiar de rollo, pero persistía un malestar interior que no se aplacaba con eso, pedía tal vez otro tipo de distracción, y la encontré en el diccionario de catalán. Lo saqué de su bolsita y allí mismo, frente a las estatuas de don Quijote y Sancho, me fui enterando de algunas andanzas de don Luis por tierras de La Martinica y del nombre de una amante suya, Carlota Picolet, que muy bien pudiera ser la del retrato que traía en aquel cofre cuando lo prendieron, un nombre de novela, así como de todos sus enredos hasta la muerte en una prisión del Peñón de Gibraltar, ya delirando, todo en compendio, porque el artículo sólo tenía seis páginas. Pero me servía mucho. Era como el cañamazo para bordar los demás apuntes dispersos. Me levanté de allí con la idea de ir a ver a Magda para darle las gracias y comentar con ella la variación que imprimían a mi estudio aquellos datos; sería además una manera de reincorporarme al trabajo y tomar tierra, «porque a ti y a mí, don Alonso», dije mirando hacia la estatua de don Quijote, «cuando nos montamos en el caballo de Clavileño no hay quien nos apee, y don Luis era otro que tal».

Entré en un snack-bar de la Gran Vía a comerme un perrito caliente con una cerveza y de repente me dio mucha rabia haberle dejado mi teléfono a Roque; es que no tengo remedio, qué insensateces se me ocurren, como si no tuviera ya la vida bastante complicada de por sí. Y además Roque no se merece que le dé pie a nada, borrón y cuenta nueva, ya está bien de idealizar. Así que me dirigí de nuevo hacia la esquina donde había visto al diablo, con ánimo más que nada de dirimir aquella cuestión y extirpar su daño. Si el papelito seguía en el platillo, es que no se trataba de Roque, porque se habría agachado a cogerlo al verme desaparecer, es lo menos que se podía esperar, y si el papelito, en cambio, había desaparecido, pensaba dirigirme a él y pedírselo, aunque fuera con cajas destempladas.

De todas maneras, lo único evidente era que con el pretexto del papelito ya me bullía la sangre otra vez y volvía a meterme por los laberintos peligrosos de la obsesión, así que subí la cuesta despacio, indecisa, deseando a la vez desentenderme de aquel asunto y seguir hurgando en sus enigmas. A ratos me paraba. Porque además habían pasado tres horas, ¿y quién te asegura —me amonestaba mi parte sensata— que el diablo siga en esa misma esquina?

Pero seguía allí. Y también el papelito, que desenterré de entre las monedas con gestos crispados y sin contemplaciones, resoplando de ira. Luego me incorporé y no pude por menos de mirar a la estatua viviente. Esta vez sonreía un poco más. Era Roque, sin duda.

—¡Eres un asqueroso! —le increpé—. Y además no sé cuándo me has protegido ni me has consolado de nada. ¡No eras el del sueño!

Luego salí corriendo y paré un taxi.

XIII. LA NOCHE Y EL DÍA

–¡Es tan absurdo todo! –le dije a Magda.

Y ella me miró con ojos de incomprensión.

Cuando aparecí, ya estaba recogiendo las cosas de su despacho, y sufrieron una alteración perceptible los gestos exactos y apagados a través de los que aflora, haga lo que haga, su propio tarannà. Tiene cincuenta años, lleva veintitantos en ese puesto de trabajo del que nunca la he oído renegar, y si le diera la gana podría hacerme la vida imposible porque, se mire por donde se mire, es mi jefa. Pues nada de eso, todo lo contrario, soy yo quien le para los pies cuando se pone pesada. Pero, por otra parte, no tengo escrúpulos en rentabilizar descaradamente la mezcla de admiración e instinto maternal con que disculpa todas mis faltas.

Aquella tarde, cuando nuestras miradas se cruzaron, me sentí vil gusano. Tal vez ni siete horas habrían pasado (calcularlo acentuaba mi extravío) desde que por la mañana Remedios me entregó el sobre amarillo que había provocado mi reciente deambular urbano, y recordé con amargura mi ataque de ingratitud y desdén al enterarme de la visita frustrada de Magda, quien no daba muestras ahora de intentar pagarme en la misma moneda. Asomaba, al mirarla, esa parte podrida del propio ser cuyo

143

olor nos acusa y desazona cuando una racha de aire limpio levanta intempestivamente los faldones que la cubrían. Todo era absurdo, sí, tanto las oscilaciones de mi conducta como el intento de justificarlas o entenderlas. Ya al entrar en el taxi y dar las señas del archivo con la respiración entrecortada, me había extrañado mi vehemente decisión. Ausente Tomás como estaba, ¿hacia dónde dirigir mis pasos? No podía imaginar en aquel momento, liberada milagrosamente de las garras del diablo, ningún lugar más acolchado contra las amenazas externas y contra mi propia neurosis que aquel despacho; necesitaba ver los papeles en orden y el gesto invariable de su depositaria para que a mí también se me aquietara el alma y cada escena de las que se me revolvían por dentro regresara a su cajón, aunque no fuera más que por un rato. Veía literalmente así mi radiografía interior, como un habitáculo plagado de cajones desordenados y rebosantes que escupían su contenido al suelo en fatal revoltijo.

Menos mal que había llegado a tiempo. Eran las seis y ella es siempre la última que se va. El taxista tuvo suerte con los semáforos.

–¿Absurdo qué? –preguntó Magda, que, evidentemente, no acababa de asimilar mi aparición–. ¿Te ha pasado algo? Pero siéntate, mujer, traes mala cara.

La suya se iluminó con una sonrisa repentina. Yo había dejado encima de la mesa el sobre amarillo recibido aquella mañana junto con el diccionario de catalán, y eso le dio pie para cambiar momentáneamente de conversación, agarrándose al cabo de un hilo conocido.

–¿Qué tal don Luis? –preguntó–. ¿Te ha servido para algo el artículo que me mandó Emma?

–Sí, es una verdadera trufa. Precisamente venía a darte las gracias, nunca fallas cuando se te pide un favor. Da muchas pistas sobre la época suya de Sudamérica y

Londres, y luego lo de su locura final, eso es impresionante, diecisiete años rodando por cárceles sin que nadie supiera muy bien por qué lo tenían preso, ¿te das cuenta?, y al final había perdido del todo la cabeza, decía que era un príncipe, sin dar su brazo a torcer en nada, que era hijo de la Reina de la Gloria celestial, se le había disparado la manía de grandezas. Murió en 1803 en el Peñón de Gibraltar. Es una historia muy triste. Y completamente desligada de toda lógica.

Magda me miró inquieta, como a la expectativa.

—Pues me alegro, mujer, de que te haya servido. A ver si por fin te animas y te pones a redactar.

—No sé —dije—, no creo.

—¿Y eso?

—No sé lo que me pasa, Magda, estoy cada día más confusa. Ya sé que otros investigadores se concentran en su tema, van al grano y punto, son capaces de separarlo de lo demás. Pero yo no puedo. Para mí todo es grano.

—¿De lo demás? ¿A qué te refieres?

—Pues no sé, me refiero un poco en general a todo, a cómo se me enreda dentro de la cabeza lo que me va pasando a cada momento con lo que me pasó antes, y con historias ajenas de vivos, de muertos, de aparecidos, con escenas de cine, todo revuelto y arrugado, total que dices: No vale la pena de separar unas cosas de otras, ¿para qué? Y esta pesquisa, con lo que me apasiona seguirla algunas veces, que tú lo sabes, otras no puedo con ella, don Luis es un tumor que se me agarra por ahí dentro, tengo que dejar de pensar en él, ¿entiendes?, porque se me mueve a brincos por el intestino y noto como si estuviera desgarrando otras vísceras. En fin, perdona, igual te estoy molestando, Magda, soy muy egoísta, igual tenías que ir ya.

Movió la cabeza negativamente. Yo había soltado la última parrafada paseando un poco por la habitación, como para mí sola, y de pronto me paré delante de ella. Se la veía abrumada, sumida en ese tipo de desorientación que asusta más a quienes están acostumbrados desde siempre a viajar con brújula. Había dejado de atender a la recogida de sus carpetas y me indicó con un gesto que me sentara. Lo hice con la cabeza baja, y hubo un silencio.

—Pero bueno —dijo, como si quisiera atar cabos—. ¿Tú no estabas mala?

—Pues no, ya ves, ésa es otra. No he tenido ninguna gripe, y anoche cuando fuiste a casa me había largado a la calle. Y no sé para qué, además, porque todo lo que hago me sale al revés, se me cruzan los cables. Y encima les echo la culpa a los demás de mi propia cobardía, de verme en callejones sin salida, de los líos en que me meto yo solita para esquivar responsabilidades; total, que cada día que pasa se me amontonan más asuntos pendientes. Y ya esta tarde he dicho le voy a contar a Magda que le metí una mentira y a pedirle perdón. Porque oye, no sé si me lo habrá pegado don Luis, pero últimamente miento mucho, casi sin darme cuenta, y a veces por tonterías, que es lo peor. Me pregunto cuándo empecé a mentir. De pequeña no mentía nunca.

Aquello se estaba encaminando, a poco olfato que se tuviera, por vericuetos parecidos a los que desembocan en el diván del psiquiatra. Me di cuenta con pasmo de que era la primera vez en mi vida que le hacía confidencias a Magda, a pesar del peligro que eso entrañaba, dada su tendencia a hacerlas y su avidez por recibirlas. Y lo más sorprendente es que no me disgustaba, que más bien me producía alivio, quién lo iba a suponer. Noté que ella enrojecía un poco, como alguien a quien ofrecen un regalo inesperado y no sabe si tomarlo o rechazar lo que pudiera ser un espejismo.

Su madre viuda, con la que vivió durante muchos

años, había muerto poco después de entrar yo a trabajar en el archivo, y mi orfandad posterior sugirió en ella puntos de contacto entre ambas que se complacía en fomentar a base de preguntas y consuelos que a mí me ponían los nervios de punta y a los cuales acabé cerrando la puerta con frases ácidas. Ya se había acostumbrado, por lo tanto, a que no le contara nada de mi vida y a considerarme un ser de otra galaxia, aislada en un reducto inexpugnable. Radiábamos —según solía comentar ella— en ondas diferentes. Pero en el tono de ese comentario no se adivinaba resentimiento, sino más bien fascinación.

Busqué alguna forma de acercamiento para borrar la perplejidad de su rostro, y eché mano de una de nuestras complicidades lingüísticas de oficina que otras veces le habían hecho reír. Y de paso le pedía un favor, signo de confianza.

—Oye, ya sé que no te gusta, pero, ¿sabes?, estoy r.p.f., me pasa cuando hablo mucho.

Se rió, en efecto, y sacó del cajón un cenicero. R.p.f. eran las iniciales de «rabiando por fumar». Encendí aquel pitillo con verdadero deleite. Los ojos de Magda seguían las volutas de humo como el rastro de un jeroglífico.

—No sé qué decirte —reflexionó tras un silencio—. Ya sabes que yo soy una persona muy elemental y contigo, sin querer, acabo metiendo la pata. De todas maneras, lo que es el alma humana, yo siempre te he considerado una mujer segura de sí misma, de las más que conozco, la que mejor sabe lo que quiere y por qué hace lo que hace.

—Pues ya ves... —me encogí de hombros.

Me invadió una ola retrospectiva de melancolía, al recordar cuántas personas habían acuñado de mí esa imagen. Excepto mi madre. Ella sabía muy bien que era falsa, los plagiados son los primeros en darse cuenta de quién los copia, pero, aunque yo la veía pensar, nunca me lo confesó claramente, nunca me dijo: «¡pero si en el fondo no sabes lo que quieres!», y a mí me enconaba su mutismo, como tal vez a ella el mío, pensándolo bien. Le escribí varias cartas antes de irme de casa, y también luego, unas cartas que de repente ansiaba releer. ¿Las habría destruido? Era poco amiga de conservar papeles viejos. De todas maneras, tal vez Rosario supiera dónde guardaba ella sus recuerdos íntimos, algún cajón secreto tendría en aquella vivienda nueva que yo no pude soportar más de cuatro meses, tan despejada de trastos como carente de rincones y escondrijos, aséptica y luminosa, con un estudio enorme. Necesitaba ver a Rosario. Aunque, pensándolo bien, yo muchas cartas las escribo y no las mando nunca. Viven un tiempo dentro de mí, repito su texto y llego a olvidar que no las he mandado para seguir añadiendo una respuesta contra la cual de antemano me vacuno. Tal vez alguna de esas que echaba de menos la tuviera yo perdida por algún cajón o la hubiera roto.

–También será que estás nerviosa, ¿no? –aventuró Magda con cautela–. Son días que se tienen. A mí también me pasa, no creas. Aunque me veas siempre tan tranquila, luego en casa muchas noches me hincho a llorar. Ya sé que no hay ningún caso igual que otro, pero que se te muera la madre es siempre algo tremendo, ellas te han llevado nueve meses dentro de su cuerpo, lo mires por donde lo mires, y eso no se puede borrar de un plumazo. Se van y te dejan mutilada, a partir de ahí es cuando empiezas a envejecer. En fin, te agradezco que hayas venido, es una prueba de confianza. Yo tengo pocas amigas. Tú tendrás muchísimas.

–No te creas.

Se bebió un vaso de agua mineral, como si hubiera

hecho un esfuerzo excesivo. Quizás temía una reacción desconsiderada por mi parte, como otras veces que había intentado comparar su orfandad con la mía. Pero no se produjo. Aquella tarde su voz me resultaba balsámica, y estaba deseando darle pie para que me hiciera más preguntas. Seguía pensando en aquellas cartas salvadas de la censura que le pude enviar a mamá, al filo de mi tormentosa adolescencia, y a las que nunca contestó con el despliegue incondicional de amor que yo esperaba. Pero no tenía la culpa sólo ella. Culpas no hay, además, sólo causas.

—A veces pienso —reflexioné en voz alta— que se miente por incapacidad de pedir a gritos que los demás te acepten como eres. Cuando te resistes a confesar el desamparo de tu vida, ya te estás disfrazando de otra cosa, le coges el tranquillo al invento y de ahí en adelante es el puro extravío, no paras de dar tumbos con la careta puesta, alejándote del camino que podría llevarte a saber quién eres. A don Luis es lo que le pasaba, ¿sabes?, cada vez me doy más cuenta, sed de aprecio, o como lo quieras llamar.

—¡Deja en paz a don Luis! —dijo Magda—. A ti yo creo que te iría mucho más escribir versos, dices cosas tan raras que no te sigo, pero son de las que te dejan temblando, como la poesía, que de suyo se entiende sólo a medias. Yo ahora estoy leyendo por las noches a San Juan de la Cruz, «un no sé qué que quedan balbuciendo», eso sí que es grande. Bueno, además yo ya sabes que soy religiosa, te lo he contado, que de joven tuve vocación de monja.

—Yo también soy religiosa a mi manera. Quiero decirte que no voy a misa, pero creo en el más allá y eso.

—Ya... —dijo pensativa.

Hubo un silencio raro que amenazaba con dar por empantanada aquella conversación. Pero inesperadamente Magda volvió a encauzarla. Se acodó en la mesa que nos separaba y adelantó su cuerpo hacia el mío. En su cara redonda se leía una intensa curiosidad.

—Perdona —dijo—, ya sé que no te gusta que nadie se meta en tu vida, si no quieres no me contestes, pero... ¿a tu marido también le mientes?

—Pues sí, algunas veces. Y no tiene perdón de Dios, cuando lo pienso me da rabia, porque es el tío más legal y más majo que me he encontrado en mi vida, no sé cómo me aguanta, te lo digo de verdad. Cuando lo conocí estaba yo hecha un trapo, para que me recogiera el camión de la basura, así como suena, y no te imaginas cómo me enderezó él, pero no en plan paternalista y menos de macho salvaje, fueron las cosas viniendo como lo más natural, poco a poco. Con él pasa así, me preguntas ahora «¿Cómo se las arregló?»..., y, chica, no sabría contestarte, todo surge del mismo trato, de que me toma como soy pero tampoco me lo pasa todo sin rechistar, lo que cree que tiene arreglo lo discute, cabezota a veces, pero ¡una paciencia!, y tenerla conmigo lleva su mérito, no te creas, porque soy un hueso duro de roer. ¿Sabes lo que me dijo nada más conocernos? Es increíble.

—¿Qué te dijo?

—Bueno, yo no lo conocía de nada, te aviso, ni de vista, era de noche, empecé a notar que estaba a mi lado en un bar de aquellos por la zona de Huertas, y cuando me quise dar cuenta le estaba soltando rollos insoportables, supongo, porque yo cuando bebo me pongo incapaz; pero ni siquiera me había fijado en él, como hombre, digo, sólo en que no se marchaba ni me dejaba con la palabra en la boca, como otros conocidos que iban desapareciendo al pasar de un local a otro, y que es lo corriente, claro, yo también lo hago, si les siguieras la bola a todos los borrachos que se te pegan como lapas a contarte su gloria o su martirio acabarías en Leganés. En fin, para no cansarte, que terminamos en su apartamento ya muy tarde y yo cargadísima de copas, de esas veces que lo que menos te apetece en el mundo es volver a casa, porque no te aguantas a ti misma; estaba medio pensando en cambiarme de piso, me había dejado un novio, tenía la vida entera manga por hombro, debía dinero, a mi madre por puro orgullo no quería pedirle nada, naufragio total... y, bueno, caí en aquel sitio como podía haber caído en otro, un sábado, ya sabes cómo acaban esas noches de sábado.

—No, yo no lo sé. De noche no salgo nunca.

—Bueno, yo ahora tampoco, está Madrid sosísimo. Pero te estoy hablando de hace ocho años o cosa así, madre mía, ¿será posible?, da miedo cómo pasa el tiempo, ¡ocho años!... Sí, justo, porque mi hermano Esteban acababa de nacer.

—Pero bueno, cuenta lo que estabas contando —interrumpió Magda.

Se había quitado las lentillas, que usaba por consejo mío, y a las que no acababa de acostumbrarse. Las guardó en su estuchito y se puso las gafas. Recordé, ya antes de seguirla, que aquella historia de mi encuentro con Tomás se remataba con una frase de las que te hacen llorar si la oyes en el cine, y caí en la cuenta de que yo la había oído de labios de una persona de carne y hueso «que aún existe», pensé, «que aún me quiere, no tengo pruebas de que se haya liado con otra en la provincia de Jaén». Y mirando los ojos azules de Magda, tan expectantes y solidarios por detrás de las gafas, la estatua del diablo se desmoronaba como un delirio de arena, lo mismo que aquel empeño de enfatizar lo complicado, lo oscuro y corrosivo, común a muchas amistades mías anteriores a la aparición de Tomás, ¡cuánta literatura sobre las tinieblas!, y en general qué mala, pura pacotilla. Tomás, que odia las tinieblas, me había sacado a la luz, porque despide luz. Pero la luz la damos por normal, la dejamos resbalar sin prestarle los cuidados que merece, que ruede, que se la trague el sumidero de los desperdicios. Estaba emocionada porque acababa de hacer un descubrimiento asombroso: Tomás se parecía al chico de mis sueños de adolescente más que nadie. Había estado ciega. Era él.

—¿Qué te pasa? —preguntó Magda—. ¿No me quieres contar lo que siguió luego? Me dejas en mitad de la película.

Suspiré hondo. Sí, sí, claro que quería. Por oírlo yo misma, sobre todo.

—Pues nada, que me dio por vomitar, y él me hizo un café y me quitó los zapatos, todo observándome más que hablando él, «descansa, mujer», me decía. Y tampoco notaba que se quisiera aprovechar de mí, ¿entiendes?, de eso te das cuenta rápido por mucho muermo que lleves encima. Me intrigaba un poco, pero me daba igual, yo a lo mío, a ponerme cómoda para ver si la cabeza me dejaba de dar vueltas y unas punzadas que ni abrir los ojos podía. Total, para resumir, que me quedé dormida encima de un sofá sin beberme del todo el café, y al amanecer desperté sobresaltada de una pesadilla, tengo muchas y horribles además, de esas que te caes, y te caes, y no acabas nunca de caer; y no sabía cómo llamarle porque no me acordaba de su nombre, ni siquiera de si me lo había dicho o no. Y lo vi allí cerca, de espaldas, dibujando encima de un tablero inclinado, porque es arquitecto, ahora esa mesa se la ha llevado a otro estudio que tiene. La luz era muy suave, verdosa, y entonces me levanté y me abracé a él temblando de miedo. Por lo visto se había desvelado y estaba rectificando un plano, le gusta aprovechar los insomnios para trabajar. «Pero ¿de qué tienes miedo, vamos a ver?», me preguntaba, cariñoso pero sin meterme mano ni eso. Y noté que me espantaba pensar en irme de allí. «De volver a mi casa», le dije, «de eso tengo miedo, y también del día, de que llegue la luz de otro día.» «¿Sí? A mí, en cambio, la luz me consuela», dijo, «estoy deseando siempre ver salir el sol.» No me preguntó si es que me trataban mal en mi casa, ni con quién vivía, ni nada. Sólo dijo: «Pues no te vayas, mujer, si no quieres. Quedarte no te obliga a nada.» «¿No?, ¿de verdad?» «Claro que no.» «Pero quedarme ¿hasta cuándo?» Se encogió de hombros: «Tú sabrás, hasta que te encuentres mejor, por lo menos.» Miré alrededor con cierto recelo. No parecía un piso de soltero, lo tenía todo ordenadísimo. «¿No vives con nadie? Te pega ser casado.» «Pues no», contestó escuetamente. «Pero debes salir poco de noche.» «Bueno, según me da, pareces un entrevistador. Anda, duerme otro rato. ¿Quieres una aspirina?»

»Entonces le miré con detalle por primera vez y me pareció muy agradable, lo más opuesto del mundo, eso sí, a los hombres a quienes yo suelo colocar el letrero de "enloquecedores"; se notaba a la legua que éramos como la noche y el día, y sin embargo estaba recogiendo mi malestar y brindándome albergue. Era tan evidente, que me hacía desconfiar. En ninguna película había visto una cosa así, a no ser que sepamos de antes que el tío es un sádico, pero suelen ser más guapos los que hacen ese papel, espectaculares a tope, o de mirada sombría. O un cura que recoge almas perdidas, pero no era el caso. No le gusta hablar de estas cosas cuando se las recuerdo, pero le pregunté que si era homosexual, porque me había entrado un ataque de curiosidad horrible, compréndelo, necesitaba hacer mi composición de lugar, a pesar de que ganas de acostarme con él en aquel momento no tuviera ninguna. Y él me dijo, terminante: "Eso lo aclararemos mejor si te quedas hasta mañana, ¿de acuerdo? Ahora voy a terminar este plano."

»Y cuando yo, ya totalmente desorientada, murmuré "no te entiendo", me volvió a acompañar al sofá, me tapó con la manta y sonreía: "Yo a quien no entiendo", dijo, "es a la gente parecida a mí. Buenas noches."

XIV. SEMILLAS VOLANDERAS

Para visitar un recuerdo conviene –según creencia bastante extendida– haberlo cultivado antes. Hay gente que dedica mucho tiempo y esmero a ese cultivo, igual que a abrillantar las letras doradas de la lápida que encierra a sus muertos, pensando que si no lo hace de un modo continuado y metódico, ya ni nombre tendrán los que murieron. No sé, son puntos de vista, cuentas que no a todo el mundo le salen igual. Por lo menos en los relatos de terror la aparición sobrecogedora o el eco de un nombre persiguen casi siempre a los que han renegado de esas sombras y huyen de un pasado que intempestivamente les echa la zarpa. Hay quien no se fía de la literatura, claro, pero yo lo veo una equivocación.

Las personas que, copiando a Edith Piaf, alardeamos de haber encendido el fuego de la supervivencia con nuestros recuerdos y de considerarlos inocuas pavesas, salimos chamuscadas un día sí y otro también, tan torpes en piromanía como en ese cultivo de la memoria, que se encabrita contra quien lo ejerce clandestinamente y usando técnicas chapuceras. Da igual. El tiempo, que es como la lluvia, cae implacable sobre todos los huertos, y siempre llega la sazón de que algo asome. Hasta en la fachada de una iglesia románica sin culto ya, atrancada con cerrojo, hemos visto crecer algún arbolito entre la juntura de sus piedras, y vaya usted a saber de dónde sale o a quién conmemora. Pero está allí.

A diferencia de lo que ocurre con otras siembras, estas semillas del recuerdo pasan largas temporadas vagando por el aire, y las oímos zumbar a manera de insectos, un rumor de mal presagio para el fugitivo. De vez en cuando se apresa alguna y volvemos a dejarla volar, casi espantándola, pero ya nuestros sentidos alerta no pueden por menos de espiar su rumbo hasta verla perder altura y posarse. Acudimos entonces, aunque sea a hurtadillas, a echar abono en la tierra de secano que eligió al azar para su breve descanso, marcamos el sitio con una señal, abrigando la esperanza de que se aficione a tomarlo por suyo y retorne allí a echar raíces. Y si no vuelve, mal asunto: ha caído una helada sobre los almendros que empezaban a florecer, así lo percibimos; nos estamos convirtiendo, lo aceptemos o no, en hortelanos de ese recuerdo.

Bueno, es todo muy raro. Y la culpa la tienen las metáforas. Que cuando me cogen por banda hacen de mí lo que quieren, veo lo que no hay y no veo lo que hay. Puede que tenga razón Magda cuando dice que yo debía dedicarme a escribir versos. A veces forzamos una vocación inexistente y otras nos resistimos a atender la llamada de las musas. A Rosario Tena le pasa más bien lo primero. Está segura de que ha nacido para pintar, ha quemado todas las naves en el intento, y no logra pasar de la mediocridad. Me pregunto si lo sabe, si mi madre se lo habrá dicho alguna vez. En cambio sus dotes para la docencia eran realmente extraordinarias, a mí la pasión por el estudio no había logrado inyectármela nadie hasta que la conocí a ella.

Lo pensé aquella tarde nada más despedirme de Magda, tras rechazar, aunque amablemente, sus ofrecimientos de acompañarme en coche, cuando supe que no había traído el mío. «Hablando contigo se me han revuelto muchas cosas por dentro», le dije, «no te lo tomes a mal, pero prefiero volver a casa andando, me hace falta un paseo yo sola.» Le agradecí que no insistiera y ella a mí que le hubiera contado unas historias tan bonitas. «Pero no me refiero a las de don Luis y sus congéneres», puntualizó sonriendo; porque habíamos acabado hablando un rato sobre las extrañas peripecias de los viajeros del siglo XVIII, todos ellos bastante extravagantes por tarannà, de lo difícil que resulta imaginar desde una época de teléfonos portátiles, helicópteros y fax las incomodidades que debían entrañar aquellos desplazamientos, menudo valor, «porque se lee en los documentos», le dije a Magda, «que tan pronto están en la isla de Trinidad, como en Jamaica, como en Londres, como en Cádiz o Las Rozas, y a mí lo primero que se me pasa por la cabeza es dónde harían sus necesidades, el equipaje, las ropas, los medios de locomoción por mar y por tierra, los amigos dejados atrás, que eso en las cartas nunca lo escriben, y claro, te agarras al cofre con retrato de mujer dentro como a un clavo ardiendo, Carlota Picolet, qué nombre tan bonito, ¿verdad?, ¿cómo sería, rubia o morena?» «¡Qué curiosidad más tonta!», dijo Magda, «con tantas fotos de familia como tendrás tú perdidas por los cajones sin que les hagas caso.» Y esa frase se me quedó clavada para muchos días.

Nos dimos un beso y las dos notábamos que nos habíamos hecho amigas. «Cuídate», me dijo, «y aténte a lo que hay, piensa que yo tengo menos recursos que tú y estoy más sola. En este valle de lágrimas, felices los que podéis pasarlo bien alguna vez, ¿te parece poco privilegio discutir con una persona, reírse con ella, acariciarla, esperar a que vuelva?, tu marido debe ser un sol.»

Y por asociación de ideas con aquello del valle de lágrimas, que me parecía estarlas viendo caer del cielo como si las lloraran los huéspedes del más allá sobre nuestra memoria esquiva, no hice más que dejar a Magda y ya empecé a liarme con lo de los huertos del recuerdo y las semillas volanderas, metida de lleno en el bosque de las metáforas, irremisiblemente. Pero también sin miedo, avanzando alegre como a los sones de un himno, un vicio que daba gloria. Se habían barrido las nubes del miedo y por los claros del bosque se colaba el sol.

Llegué a casa cansada, ésa es la verdad, porque entre unas cosas y otras llevaba unos cuantos kilómetros en el cuerpo, y después de tomarme dos cuencos de un gazpacho exquisito que me había dejado en la nevera la fiel Remedios, entré en el dormitorio limpio y recogido y noté que tenía la conciencia en calma. No había ningún recado en el contestador. Me tumbé en la cama, que llevaba varias semanas siendo para mí un potro de tortura, y me puse a pensar en lo horrible que sería que Tomás me dejara. Miré el reloj; a las diez le llamaría para decirle que no habían venido los de la Panasonic, pero que ya no hacía falta, que la habitación se había convertido en otra cosa, en un espacio abierto y ventilado surcado por semillas volanderas. En fin, cosas bonitas, insinuantes y animosas, lo que me saliera, que había puesto piso y le invitaba a venir. Se extrañaría, me diría que estoy loca, pero ya me las arreglaría yo para hacerle notar cuánto le estaba echando de menos. Y saboreé de antemano nuestra conversación, perfilé incluso algunas frases, aunque ya se sabe que este tipo de ensayos no valen absolutamente para nada.

Olía bien. Seguramente Remedios habría comprado un ambientador de marca nueva. Pero no, ¡qué tontería!, no olía a eso, sino a jardín encantado cuyas plantas exóticas se disfrazan de apariencia normal: los frutos del recuerdo. «Porque ya llevas mucho tiempo, mujer, durmiendo en esta habitación», me dije, «dejando poso en ella, ¿hasta hoy no te habías dado cuenta?», y mis ojos resbalaban despacio, con deleite, por objetos y muebles conocidos, recuperando al mismo tiempo divagaciones que se quedaron agarradas a determinados perfiles, una mancha en el techo, enchufes, cajones, libros, brillos de espejo, el teléfono, iba explorando toda aquella vegetación doméstica y aspiraba el aire como tratando de entender de dónde partían los diferentes olores y de localizar frutos escondidos, con cierto talante de investigadora que quiere ir más allá de la borrachera de aromas para intentar también clasificarlos. Y así salió lo del retrato azul.

—¡¡No todo se puede entender!! —le dije a Tomás cuando traje de la buhardilla el autorretrato de mi madre y le pedí permiso para colgarlo en lo que se había ido configurando como nuestro cuarto de estar.

—Ni yo lo pretendo —contestó extrañado—. Y menos todavía investigar tu alma. No soy curioso, hace un rato lo decías tú misma, no me gusta sacar este tipo de conversaciones. ¿Te apasiona que no sea curioso o te parece un defecto?, eso es lo que no sé, resulta difícil aclararse contigo.

Llevábamos un mes juntos. Creo que fue su primera tentativa de ponerme ante un espejo y sugerirme que me quitara alguna de mis máscaras. Poco antes, efectivamente, había estado yo alabando su discreción, su escasa tendencia a hurgar en las vidas ajenas. «Debe ser que la gente te interesa poco, ¿no?», le había preguntado luego, esperando que él lo desmintiera, que dijera, por ejemplo, «no siempre, tu vida me interesa muchísimo, todo lo que me cuentas me sabe a poco». Pero no lo hizo, y se fueron liando las cosas. Recuerdo aquella breve charla, a pique de resbalar sobre la cáscara de plátano de mis sofismas, porque empecé a sentirme desprotegida, como tantas veces frente a la mirada impasible de mi madre.

El retrato, en sepias y azules, estaba apoyado contra una estantería llena de libros; la tarde anterior había ido por última vez a la buhardilla para recogerlo con otras pocas pertenencias. Casi todo se lo dejaba a los inquilinos nuevos. Cortaba por lo sano −o eso creía− con otra etapa superada, aunque mi nerviosismo al bajar para siempre aquellas escaleras y luego salir a la calle, tras dejarle a la portera la llave que tantas veces palpé en las profundidades de mi bolso, llevaba tal carga de miedos antiguos que debiera haberme puesto sobre aviso. Pero odio los avisos.

Anduve bebiendo por bares del barrio, pasé por delante del portal de doña Mila, mi profesora de ruso, y estuve incluso tentada de subir a verla, pero me espantó la idea de que se hubiera muerto. Nunca había valorado las ventajas de aquella vecindad que de pronto echaba de menos como se lamenta lo desperdiciado. Si aparecía inesperadamente y me llamaba por mi nombre, no sabría qué decirle, sería como verme frente a un espectro. Y aceleré el paso. En los tres o cuatro bares donde recalé me conocían los camareros, pero no se extrañaron de verme con aquellos bultos ni yo les quise decir que andaba de despedida. Otras veces me habían visto llevando y trayendo cosas de los contenedores de basura a casa y viceversa, los «buscadores de perlas en la escoria» abundan por esa zona de Antón Martín. Con el cuadro es con lo que tenía más cuidado, se trataba de una pista difícil de borrar y podía despertar sospechas, lo volvía del revés y lo apoyaba contra la barra resguardándolo enseguida con mi cuerpo. Y me empecé a montar el guión de una película de misterio, que es en mí el primer efecto del alcohol. Primera secuencia: Chica joven entrando en un bar con algunos bultos, entre ellos un cuadro tal vez robado que trata de esconder. En el bar la conocen. Gestos recelosos. Al otro extremo de la barra hay alguien que se está fijando en ella. La muchacha apura su copa y dice desafiante: «¡Yo no soy de las que miran para atrás!», etcétera, etcétera. Era primavera, las nueve de la noche. Paré a tiempo, porque no quería emborracharme. Desde que vivía con Tomás, no había necesitado volver a beber.

De todas maneras llegué a mi nueva guarida, ya no tan provisional, con una euforia oscilante y la sed sin saciar. No tenía ganas de pensar en nada peligroso, dejé los bultos en la terraza y cuando llegó Tomás le pedí que me llevara a bailar. No sé si vino muy a gusto. El sitio lo eligió él, un local ligeramente pijo cerca de la Castellana. Me preguntó qué celebrábamos y yo le dije que las huellas borradas del pasado. «Pues eso requiere champán», dijo. Y lo pidió. Baila bien pero nos mantuvimos algo a la defensiva. Por lo menos yo. Me desazonaba ignorar si Tomás había notado o no que el cuerpo me pedía alcohol para olvidar mis miedos. Le dije varias veces, sin venir mucho a cuento: «Yo no soy de las que miran para atrás, eso que quede claro.» «Bueno, pero mira por dónde vas poniendo los pies, ¿no?» Estuve a punto de enfadarme porque me sonó a reproche, pero enseguida comprendí que se refería a un pisotón que acababa de darle bailando. Y nos reímos allí abrazados en medio de la pista.

A la tarde siguiente, sin embargo, mirando el retrato de mi madre apoyado contra la librería, aquella frase de «mira por dónde vas poniendo los pies» me subía de nuevo al paladar con el mal sabor de una comida sin digerir. Mamá y Tomás ¿no se estarían aliando para hacerme aquella advertencia?, pues no, no es mi estilo mirar por dónde voy pisando, ¿y qué?, ¿tan difícil resulta aceptarme como soy?, si me meto en líos, ya saldré yo sola. Y me daban ganas de gritar: «¡Dos contra uno! ¡No hay derecho! ¡Me largo de esta casa!»

Pero mi relación con Roque, aún sangrante, si algo me había enseñado era a abominar de las transferencias histéricas. Aparté los ojos del retrato. Tomás parecía estar esperando a que le dijera algo.

–Bueno, de acuerdo –acepté–, no eres curioso. Y sin embargo ahora (te lo digo porque lo veo) me estás mirando con ojos de inquisidor. ¿Qué piensas?

Guardó un breve silencio y luego dijo:

–Pienso en ti. En que te pasa algo raro de lo que tal vez tú misma no te das cuenta. Empieza a parecerme... Bueno, mira, no sé, ¡qué más da! Me aburren estos sondeos psicológicos, te lo juro. Y además tengo prisa.

–¿Te empieza a parecer qué? ¡Di lo que sea!

–Que provocas preguntas, que estás deseando que te las hagan, las mendigas casi. Y luego te enfadas si entra uno en tu juego. En fin..., algo así, en mi profesión se huye de las aproximaciones. Comprendo que es un resumen tosco.

No era ningún resumen tosco, pensé con los ojos vueltos nuevamente al retrato. Con ella me ocurría lo mismo. Me gustaba presumir ante mis amigos de madre no empachosa ni fiscalizadora, pero nada ansiaba tanto como sus preguntas y el gozo maligno de dejarlas sin contestar. La verdad es que ella había llegado a hacerme cada vez menos. Sin ir más lejos, la tarde anterior... Pero no, no quería acordarme de la tarde anterior.

Tomás se levantó y se inclinó para darme un beso.

–Perdona si he sido un poco brusco. Ya sabes que tengo una cita urgente. El retrato de tu madre, por supuesto, cuélgalo donde quieras. Pero no te hagas trampas a ti misma. Era eso a lo que me refería.

–¿Trampas? Por ejemplo ¿en qué? ¡Pon un ejemplo!

–Pues cuando dices que no se puede entender todo. Las cosas que no importan no se entienden porque no se pone uno a ello, claro. Pero si te importan, si te obsesionan, vale la pena hacer un esfuerzo y acaban por entenderse algo mejor. Tampoco es tan difícil.

—¿Se puede saber a qué te refieres?

Ya había dado unos pasos hacia la puerta y se volvió para señalar el retrato con la barbilla.

—A ella —dijo—. No haces más que declarar que no la quieres, que pasáis una de otra, pero la pasión te sale a flote.

Se estaban mirando. Mi madre en ese retrato tiene unos treinta años, los tiene todavía, embalsamados en sepia y azul, y unos ojos oscuros que todo lo penetran. ¿Sería Tomás de los hombres que podrían haberle gustado a esa edad, cuando yo cumplí ocho? Tuve celos pero los volví del revés, soy experta en este tipo de alquimias interiores. Me levanté y abracé apasionadamente a Tomás.

—¿Tienes celos? —le susurré al oído, como quien se agarra a una frágil tabla para saltar sobre las olas encrespadas.

—¡Venga ya! No seas tonta. Hasta luego.

Cuando se fue Tomás, me entró un ataque de furor contra el cuadro y me puse a buscar algún trastero donde meterlo, necesitaba deshacerme de él como de un cadáver. Aún no estaba totalmente familiarizada con el apartamento, pero antes de entrar en la cocina había visto un altillo, encima de un armario con cosas de limpieza. Era muy hondo y estaba medio vacío. Busqué una escalera y se me caían lágrimas de rabia al subir el cuadro. Los daños mal escondidos, al resurgir, añaden veneno a su amargor, era una rabia atrasada que se empezó a incubar la tarde anterior cuando lo fui a buscar a la buhardilla. Ya entrar en la buhardilla había sido terrible.

Cualquier mudanza, aunque no se tenga demasiado apego a los objetos, es dura de por sí, no sólo por lo que hay que tirar, sino por lo que en otras ocasiones parecidas ya se tiró. Lastre inútil. No mires para atrás. Pero tiemblan las manos.

Me temblaban al descolgar el cuadro de la pared, porque me dio por imaginar cuándo y para quién se convertiría en un trasto inútil. ¿No sería mejor que la condena partiera, sin más, de mí misma?, la firma de mi madre empezaba a cotizarse. «¿Por qué no lo vendes?», me susurraba una voz interior. Pero estaba segura de que nunca podría. Colgarlo en aquel sitio que no albergaba para mí ningún recuerdo significó una especie de toma de posesión, como delimitar un territorio baldío que necesita de muchos cuidados y esfuerzo para dar cosecha. Ahora me estaba despidiendo al mismo tiempo de lo conquistado allí día a día y de la muchacha cinco años más joven que contempló por primera vez aquel recinto vacío e inhóspito y que, parada en el umbral con sus maletas, se había preguntado: «¿seré capaz?», mientras se arrugaban sus sueños rabiosos de independencia y percibía ruidos y olores ajenos que llegaban del patio a través de una ventana que tardó en cerrar bien.

Poco a poco, la buhardilla fue oliendo sucesivamente a pintura Titanlux, a sándalo, a café, a hash y a colonia Álvarez Gómez, hasta que llegó Roque y unió el suyo inconfundible a mis olores.

Su conquista del territorio no colaboró con la mía, se desplazaban y superponían una a otra, así era nuestro juego, una exhibición de ingenio, descaro y placer que nos iba corroyendo a nosotros y arrasando la posible cosecha. Me pregunto si quise a Roque o sólo me incitó a los ejercicios de esgrima y me aficionó a bebidas cuya dosis había que aumentar continuamente, segregadas por cada uno para el otro y apuradas con avaricia. Era una especie de apuesta por ver quién se quedaba antes con el depósito vacío y la credibilidad rota contra la aurora en aquel cuarto de paredes azules.

Y más tarde Roque dejó de venir y olió a su ausencia, que florecía por todas las grietas del ático, un olor estridente y pertinaz al que puso letra mi necesidad de supervivencia, «entrerrock de vivir con penas amputadas, rock de sobrevivir»; y luego traje a diferentes rizofitas a la buhardilla y se infló mi ego, tan descascarillado como andaba el pobre, y empezó a oler a flores putrefactas. Me rondaba a menudo la idea de la muerte y la consideración de lo raro que es vivir. Pues bien, toda esa historia larga y quebrada, con chispas de fuego y agujeros de sombra, la presidió el retrato que estaba descolgando con pulso tembloroso. Mi desconsuelo al mudarme tiraba del que sentí al llegar y entre los dos sepultaban a Roque, lo emparedaban.

Y de pronto, cuando acababa de bajar el cuadro y empezaba a aquietarse el temblor de mis manos, sonó el teléfono y me sobrecogió. Era mi madre.

—Me pillas de milagro —le dije—. He venido a recoger unas cosas. ¿Recibiste mi carta?

—Sí, pero como no me decías adónde te has mudado, te he seguido llamando ahí por si acaso. ¿Qué tal estás?

—Bien. He mejorado un poco de status. ¿Querías algo?

—Saber de ti. ¿En qué sentido has mejorado de status?

—Bueno, el apartamento donde vivo ahora tiene ascensor, no salen cucarachas y es más grande. Resulta difícil, de todas maneras, que te hagas una idea porque como a éste nunca has venido.

—Tampoco me has invitado tú.

—Eso es verdad, mujer. Si además da igual. A ver cuándo comemos. ¿Vas a estar en Madrid estos días?

—No. La semana que viene tengo una exposición en Barcelona. Por cierto, quería pedirte un favor.

165

—Tú diras.

—Que me prestaras mi autorretrato para un mes aproximadamente. Yo mando a buscarlo donde me digas. ¿Te importa?

Se me empezaron a caer lágrimas de rabia. Había llamado sólo para eso. Le importaba un pito que yo estuviera bien o mal, que me hubiera costado mucho o poco decidir marcharme de la buhardilla, y antes de su casa, y luego sabe Dios. Su imagen, allí enfrente, la veía a cada momento más borrosa; la pintura se estaba corriendo y el sepia se desteñía sobre el azul.

—Porque ese cuadro lo sigues teniendo tú, ¿no? —insistió ante mi silencio.

Me sequé las lágrimas con la manga.

—Pues verás... Lo tenía...

—¿Cómo que lo tenías?

—Sí, mamá, lo siento. Hubiera preferido no tener que decírtelo, pero me surgieron muchos problemas y lo vendí, no me quedó más remedio.

Hubo un silencio. Estaba segura de que las dos estábamos viendo lo mismo: una calle estrecha y solitaria de Tánger. Me jugaría lo que fuera. Una calle sin nombre.

—¿Buscaste otros remedios? —preguntó al cabo.

—Alguno. Se me ocurrió, por ejemplo, llamarte, pero no me apetecía. Ya sé que hice mal, así es la vida. Después de todo, el cuadro era mío. Y punto.

Encajó el golpe con su flema habitual, que si sabía quién tenía el cuadro, le dije que no, que lo había vendido en el Rastro y ya no estaba allí, si era eso lo que quería preguntar. Pues bueno —dijo—, qué le vamos a hacer, y añadió que no se imaginaba que me hubiera ido tan mal, «no te preocupes, tan mal tampoco, son baches, ahora estoy preparando las oposiciones a toda pastilla», me deseó suerte y yo a ella, y como remate el típico «nos llamamos, cuídate». No recuerdo si hablamos de Rosario, me parece que no. Yo estaba deseando colgar.

Necesitaba que me hubiera echado una bronca. Lo necesitaba muchísimo.

Los recuerdos se ramifican en inesperada profusión, son como los vericuetos de un viaje no programado, difícil resistirse a la tentación de explorarlos, pero más difícil todavía no perderse y volver al cauce que los une y del cual han brotado. Ese control de la aventura es un privilegio poco frecuente, y yo aquella tarde, después de mi conversación con Magda, lo estaba logrando. Repasaba los tiempos, como visitando los distintos niveles de un amplio invernadero para vigilar el efecto del clima sobre cada una de las plantas. El clima era mi madre, sol que vuelve a salir entre las nubes, y el invernadero era mi casa, la de Tomás y mía, nuestra casa. O también podía verse al revés, ella la flor de invernadero que necesita de mi calor, de que yo la evoque para mantenerse en vida. Se me ocurrieron muchas metáforas y saltaban unas encima de otras, mientras esperaba, tumbada en la cama, a que fueran las diez para telefonear a Cazorla, una espera grata y entretenida sin altibajos de tensión.

Los recuerdos giraban en torno a cierto retrato escondido en aquella misma casa, pero el hecho de estarlos convocando desde un recinto con el que me había congraciado los despojaba de todo veneno, adquirían nostalgia de blues, no en vano procedían de una pintura donde predominan los tonos azules.

Empezó a rondarme la tentación. ¿Y si mirara el cuadro ahora, qué pasaría? Necesitaba probar. En un determinado momento me levanté decidida y fui a buscarlo al altillo de la cocina donde había permanecido guardado tanto tiempo. Puse la escalera y me subí. Estaba debajo de unas maletas, lo reconocí al tacto, porque ya otras veces lo había palpado, muy al fondo, tuve que meter casi medio cuerpo para tirar de él. Y antes de sacarlo se me ocurrió pensar: «A ver si ahora tiene la cara surcada de arrugas y un gesto terrible, como el retrato de Dorian Gray.» Pero no, ocurría lo contrario. Aunque aparentemente estaba igual, luego, fijándose mejor, los ojos oscuros habían dejado de mirar para adentro de sí mismos y aquella postura típica de la cabeza ligeramente ladeada hacia la derecha tras alguno de sus suspiros hondos sugería una mezcla de abandono, dulzura y petición de auxilio.

Cuando yo tenía siete años, vivimos un mes en Tánger, en casa de unos amigos de papá, no sé por qué fuimos allí, eran dos hombres y tenían un perro, el mayor escribía. Una tarde ella me llevó de paseo y estuvimos comprando cosas en una calle llena de bazares. Hablaba poco y creo que estaba triste como si no tuviera ganas de nada. Suspiró varias veces. «¿Por qué se suspira?», le pregunté yo. Antes de contestar se le escapó otro suspiro, y luego dijo: «Puede ser de pena, también de impaciencia o de miedo. Otras veces de alivio.» Pero no me miró al decirlo y entendí que no quería más preguntas; y también que de alivio no suspiraba.

A la vuelta estábamos algo cansadas de andar, pero era una zona solitaria, no se veían coches por allí y de pronto ella dijo que le parecía que se estaba perdiendo. Caminaba cada vez más despacio, mirando alrededor, y la presión de su mano en la mía se fue aflojando hasta que dijo entre dientes «no puedo», se detuvo y se agarró a la barandilla de una escalera. Para mí, Tánger es aquella escalera, aunque si alguna vez vuelvo por allí no creo que sea capaz de encontrarla y mucho menos si la busco, que, por supuesto, no la pienso buscar. Pocos días antes papá me había notificado que a finales de otoño iba a tener un hermanito, el cual, por cierto, nunca llegó a nacer; era primavera y del desmayo de mi madre culpé a ese niño caprichoso y perverso que le subía desde las tripas para apretarle la garganta y no dejarla respirar. Ya sabía que las mujeres llevan a sus hijos dentro del cuerpo durante una temporada, pero yo me los imaginaba completamente terminados desde el primer día sólo que en más pequeño, y que iban aumentando de tamaño igual que de maldad o de bondad. Mi hermanito, aún minúsculo, era malo y me tenía envidia. Mamá se había dejado resbalar agarrada a la barandilla, cayó sentada en uno de aquellos escalones y cerró los ojos. Yo recogí el bolso y los paquetes que se le habían escapado de las manos, luego me arrodillé y empecé a darle besos y a llamarla por su nombre; no contestó. Tenía la cabeza apoyada contra aquella barandilla y la cara muy fría. Las manos también. No sabía qué hacer, pero estaba segura de que si me echaba a llorar todo estaba perdido, porque ella me había dicho muchas veces que en los momentos de verdadero peligro lo peor es llorar, y además lo sabía por los cuentos. También sabía que no podía apartarme de allí porque la estaba protegiendo, que mi sitio era ése, nunca en mi vida he vuelto a saber con tanta certeza que estoy donde tengo que estar como aquel atardecer en Tánger junto a mi madre desmayada que sólo podía depender de mí, de mi fe en la suerte. Y la tuve, convertí el miedo en esperanza y al fondo de la calle estrecha y solitaria se perfiló la figura de un hombre pequeñito con chilaba a rayas y fez rojo que venía caminando despacio hacia nosotras. Le llamé agitando las manos y apretó el paso. «Ayúdeme, por favor, mi madre se ha puesto un poco mala.» Entendía el español, aunque lo hablaba raro, era justo el ser misterioso, tranquilo y sabio que hacía falta en una ocasión como aquélla, lo supe en cuanto se agachó y empezó a darle palmaditas suaves en la cara a mamá y a recitar una monserga en árabe que sonaba a oración. Cuando ella abrió los ojos, que fue casi enseguida, le hizo oler un frasquito que sacó de la chilaba. Mamá suspiró hondo, esta vez era de alivio, y sonrió con la cabeza ladeada como la tiene en el cuadro, mientras alargaba sus manos para buscar las mías. El hombrecito nos acompañó a buscar un taxi y no quiso admitir propina. «Su hija es mucho valerosa», dijo al despedirse.

Al día siguiente, en una habitación de arriba de aquella casa rara donde estábamos, mamá empezó a pintar su autorretrato. «Ponle colores azules», le dije yo, «porque cuando te desmayaste todo era azul.»

Le limpié el polvo al cuadro, lo llevé al dormitorio y me volví a tumbar en la cama sin dejar de mirarlo. No es muy grande. Recuerdo que lo terminó ya en Madrid el día de mi cumpleaños. Se había quedado varias noches seguidas trabajando para poder dármelo en esa fecha.

—¿Me lo prestas? —le pregunté, cuando entró con él a felicitarme.

—No. Es tuyo, tuyo, para siempre. Lo puedes tener siempre en tu cuarto.

—¿Siempre? ¿Aunque me vaya de mayor a otros cuartos?

—Claro. Siempre es siempre.

Ocho años cumplía aquel once de junio, y la palabra siempre fue el envoltorio del regalo, sentí que lo abrazaba como un papel de seda incapaz de arrugarse.

En fin, suspiré de alivio, mamá, a pesar de mis desdenes arbitrarios, no había envejecido como Dorian Gray ni como la mujer del sueño a quien la noche anterior maltrataba un gigoló; ¡cuántas imágenes, cuántas palabras, cuántas habitaciones, cuántos siempres afluyendo al ahora, fructificando en casa! Salí a regar las plantas de la terraza. Había refrescado.

170

A las diez en punto llamé por teléfono a Tomás y tuve la suerte de encontrarlo, con una voz animosa, además. Todo le estaba saliendo bien, iba a llamarme justo en aquel momento y tenía ganas de verme. Le dije que era el hombre de mis sueños y que le estaba esperando en una casa nueva, mía, llena de flores exóticas. Salió a relucir lo de las semillas volanderas que se posan dentro de los cajones y anidan en las butacas, y notaba que le estaba gustando oírme, aunque me dijo que cada día estaba más loca. Todo consiste en cómo pronuncia la palabra loca, muy frecuente en nuestros diálogos; según el lugar del alma de donde le salga, la siento como una caricia o como una amenaza sombría, aquella noche sabía a cóctel de champán, como todo lo que decíamos.

—Supongo que no te habrás echado una novia por ahí. Quiero la verdad.

Jamás le había preguntado una cosa por el estilo, y menos en serio, se le oyó una risa complacida, y otra vez lo mismo, que si estaba loca.

—Pues mira, un poco loca sí me estoy volviendo, pero es por culpa del tiempo que llevamos sin hablar, han sido demasiados días sin oírte la voz, una eternidad.

Y entonces Tomás dijo algo muy sorprendente:

—Me halaga que se te haya hecho eterno, preciosa, pero las cifras contradicen tu exageración. Han sido dos días.

—¿Dos días? No puede ser.

—Pues sí, menos tres horas, para ser totalmente exactos, porque anteanoche era más tarde cuando me despertaste para hablarme de los fantasmas del más allá y de Robert de Niro como guardián del cementerio...

—No era un cementerio...

171

–Bueno, lo que fuera. Por cierto, esa escena en que De Niro aparece comiéndose un huevo duro es de *El corazón del ángel*, yo también he visto mucho cine. Luego te pusiste ligeramente dostoievski, ¿no te acuerdas?

Sí, sí, claro que me acordaba, pero no podían haber pasado solamente dos noches, y él que sí, que estaba absolutamente seguro porque precisamente... Dejé de escucharle, para echar mentalmente mis cálculos, «de la noche del Residuo a la del poblado indio va una, y de ésa a la de hoy van dos»... pues era verdad, salía la cuenta.

–Tienes razón, oye, fue anteanoche, lo acabo de pensar. Y sin embargo me parece increíble, te lo juro.

–¿Y eso?

–Pues ya ves, porque me han pasado muchas cosas, muchísimas, no te haces ni idea.

–¿Te puedo preguntar también yo si te has echado novio?

–No necesito ninguno, sólo te espero a ti, he puesto piso para recibirte y huele a flores. Son cosas por dentro las que me han pasado.

Se echó a reír.

–¿Por dentro? ¡Qué peligro! Pues átalas con cordoncitos de colores para que no se te vuelen.

–Es lo que llevo haciendo toda la tarde. Te quiero. ¿Cuándo vienes?

–No creo que tarde ni tres días, más de tres desde luego no. Ya estamos terminando aquí.

–¿De verdad? ¡Qué alegría!

–Pero espero que no te cundan tanto a ti como los dos últimos, porque no voy a saber cómo orientarme por tus jardines interiores. Vas a tener que contratar a un guía. Pero, por favor, que sea menos siniestro que Robert de Niro. Mira en las páginas amarillas. Puede que venga por la palabra amor.

—Me encanta cuando te pones surrealista. Y además tienes una voz preciosa. ¿Te lo habían dicho alguna vez?

—Tú no, mi novia de Cazorla, una morenita bastante salada.

Cuando nos despedimos, se me había borrado todo rastro de sueño y me sentía despejada y segura. Capaz de cualquier proeza. Miré el retrato de mi madre.

—¿Sabes? —le dije—, creo que me voy a presentar a ver a Rosario. Si no está, me vuelvo y en paz. Tampoco es tan tarde.

XV. LA PROFESORA DE LAS GAFITAS

Vino en noviembre, para cubrir la ausencia por enfermedad del catedrático titular, profesora asociada creo que se llamaba a eso, «va a venir una enchufada de don Carlos», oí decir a unos compañeros en el bar cuando llevábamos semana y pico sin clase, solían ser puestos que se aceptaban en trance de penuria. No tenía escrita ninguna tesis doctoral ni estaba segura de querer hacer oposiciones para dedicarse de lleno a la enseñanza, pero le entusiasmaba la pintura del *trecento* italiano, que fue la que nos explicó, aunque en el programa vinieran también otras materias.

–Bueno, yo empezaré aludiendo al *dolce stil nuovo*, algunos de cuyos cultivadores como Orcagna, Giotto o Ambrogio Lorenzetti alcanzaron el siglo xiv en la plenitud de sus facultades creadoras, y procuraré llegar dando un salto hasta Leonardo da Vinci, que murió en 1516, si es que el viaje no se interrumpe antes, porque es probable que yo no acabe el curso con ustedes –nos dijo el primer día–; así que me permitirán que les cuente las cosas a mi manera y no siguiendo un orden estricto, pueden imaginar, si les apetece, que hemos salido de excursión.

»El *trecento* no es un corral cerrado, está abierto por el techo y por el suelo, o sea que los artistas que vivieron, murieron o nacieron dentro del siglo XIV entrecruzan unas trayectorias que vienen del anterior o desembocan en el posterior, en algún momento se conocieron o al menos oyeron hablar unos de otros, están influidos por Dante y Petrarca, que también mirarían alguno de sus cuadros, y dependen de las diferentes familias de magnates emparentados o enemigos a su vez, cuyas fechorías no deben hacernos olvidar los frutos de su mecenazgo. Todo se superpone, es un periodo de mucho fermento, de historias que fluyen sin cesar y sin cesar mezclan sus aguas. De manera que, dada la dificultad de la clasificación y contando con el poco tiempo que voy a tener, porque ojalá don Carlos vuelva pronto, he decidido explicarles los cuadros más por temas que por fechas, y poniendo un interés especial en los que me gustan de preferencia, lo siento. Tendrán que tomarlo a modo de muestrario, como una parte susceptible de ampliación, ya que todo forma parte de algo. A mí me abruman las totalidades, prefiero avisar de antemano, y no concibo el conocimiento más que de forma fragmentaria. Pero bueno, si consigo que miren esos pocos cuadros que les quiero dar a conocer con la décima parte del entusiasmo y la curiosidad que en mí provocan me daré por más que satisfecha. Por cierto, me llamo Rosario Tena y tengo treinta y un años. ¿Puede alguno de ustedes salir a llamar al bedel para ver si funciona bien la máquina de proyección?

No era un discurso demasiado ortodoxo como aval de presentación, y a pesar de la indiferencia y el recelo con que generalmente es acogida en un aula numerosa la aparición de un profesor suplente, se hizo un silencio casi inmediato.

Era menuda, llevaba gafitas sin montura, pelo liso y boina. No había hablado muy alto ni haciendo ningún gesto que delatara afanes de imponerse o llamar la atención, sino con esa convicción de algunos tímidos cuando lanzan al aire semillas atrevidas que no esperan ver cuajar en ninguna tierra. Yo estaba en la segunda fila, junto al pasillo.

—Gracias, señorita... —dijo cuando vio que me levantaba para salir en busca del bedel.

Tengo bastante buen oído para las entonaciones, y la segunda palabra de su frase sonaba a pregunta.

—Soler —dije—. Águeda Soler.

Y nos miramos.

Ya nos habíamos mirado un rato antes en el bar, de esas miradas en que percibes simultáneamente que el propio aspecto ha chocado a otra persona tanto como a ti el suyo. Me llamó la atención su palidez, un abrigo negro muy largo que llevaba y también la postura del cuerpo levemente echado hacia atrás contra el respaldo de la silla. Tenía las manos cruzadas por detrás del cuello, descansando en ellas la cabeza y bisbiseaba algo entre dientes mientras miraba absorta al vacío. «No será la auxiliar de Historia del Arte», me dije, al fijarme en que, junto a la taza de café vacía, tenía abierto el Pijoan y encima unas diapositivas que repasaba de vez en cuando. Yo también debí producirle curiosidad a ella, estaba pensando bastante y me mordía una uña, no sé si sería por eso, antes era un gesto inconsciente, luego se ha vuelto más impregnado de sí mismo, porque en las fotos en que me muerdo una uña he visto que salgo interesante, no sé, lo cierto es que si dirigía los ojos hacia ella a ratos me encontraba con los suyos. Incluso en un determinado momento hubo un conato de sonrisa cómplice ante la torpeza de un chico desgarbado a quien se le derramó un bote de coca-cola sobre los apuntes y no sabía cómo limpiarlos. «¡Huuuy, huuuy, huuy!», murmuraba muy nervioso, «¡huuy, huuy, huuy!» Y me enamoró la inteligencia que despedía aquella fugaz sonrisa de Rosario, casi imperceptible, piadosa y divertida, propia de quien, sin dejar de pensar en lo suyo, no pierde detalle, al mismo tiempo, de lo que está pasando alrededor. Se levantó, fue a la barra y trajo un trapo seco que le tendió al chico. Luego volvió a sentarse en su mesa, no muy alejada de la mía. Las dos estábamos solas y a lo largo de todo aquel rato no se nos acercó nadie.

La verdad es que yo nunca intimé con ningún compañero ni compañera de clase, mis amigos los cultivaba en lugares más golfos y para mí ir a la facultad, que tampoco iba todos los días, resultaba un expediente rutinario e incluso algo enojoso. Si acabé la carrera, sin gran esfuerzo ni particular interés, fue simplemente para darle gusto a mi padre, que me «veía» como investigadora en alguna universidad americana.

«Te aseguro», le dije un día, «que a poco que me empeñara, podrías empapelar tu despacho con mis sobresalientes, pero es que tengo unos profesores aburridísimos, papá, que no me estimulan nada, muchos sacan la cátedra para trepar luego a puestos políticos, dan las clases como por cumplir, repitiendo peor lo que trae cualquier texto, y son aulas masivas, nadie atiende. Si te apetece hacer un examen brillante es para que el profesor se fije en ti, ¿no?, para tratar de hacerte amiga suya porque te gusta lo que dice o ha encendido tu imaginación. Cuando tú conociste a mamá, ¿no era eso lo que pasaba?» Me dijo que sí, que tenía razón, y acabamos hablando de *La rebelión de las masas*, un ensayo que a él siempre le ha entusiasmado; bueno, no sé si ahora tiene mucho tiempo de leer ni siquiera una policiaca. Total, que el único sobresaliente que llegué a sacar en toda la carrera se lo debe mi padre a Rosario Tena, aunque ya no lo firmara ella, que se despidió pasada la Semana Santa, sino un don Carlos desmejorado y abatido a quien por aquellas fechas habían extirpado un riñón y no sé si algo más. Desde luego no la neurona que registre y aprecie lo bien hecho, poco puedo presumir de currículum, pero aquel examen me salió de floritura, ya quisiera yo la mitad de inspiración para contar la historia de Vidal y Villalba, ordenado y riguroso pero divagando a tope. Leonardo da Vinci nos tocó nada menos, con todas las cosas que sabía yo ya a finales de curso sobre Leonardo da Vinci, y las sigo sabiendo porque lo bien aprendido no se borra nunca, hasta sus diarios me había leído enteros y encabecé el ejercicio con una frase suya que tuve pinchada mucho tiempo en la buhardilla de paredes azules: «Es útil al artista repasar en la mente por las noches las cosas que ha estudiado o pensado durante el día. En la cama, en la quietud de las horas nocturnas es bueno trazar con la imaginación los contornos de las figuras que reclaman más estudio. Entonces las imágenes de los objetos se vivifican y la impresión se hace más fuerte y permanente», ¡qué tipo tan genial!, y encima inventando máquinas, por eso me molestaron luego los comentarios burlescos de Roque sobre la Gioconda.

¿Pero será posible, Dios mío, lograr revivir aislada alguna vez una escena cualquiera de mi vida sin que salgan enredadas con ella no sé cuántas más, propias o ajenas, pescar un pez perdido que no arrastre familia y ver brillar el sol en sus escamas?

Es una especie de enfermedad lo mío, no cabe duda. Y precisamente si me apasionaron las clases tan especiales de Rosario fue porque supe desde el primer día que ella, como intermediaria entre nuestro caótico fin de milenio y la pintura del *trecento*, estaba tocada por mi mismo mal, o sea que todo aquello de clasificar los cuadros por emociones encontradas, sensualidad y horror, armonía y desorden, esfuerzo y abulia, infierno y cielo, etcétera, arrancaba tiras de piel en otras zonas secretas de su alma, no sabía cuáles porque tardé en tener cierta intimidad con ella, pero seguro, vamos, eso se nota hasta en la manera de mirar, igual que se reconocen entre ellos a primera vista los homosexuales o los drogadictos. La profesora de las gafitas pertenecía a la especie de los pájaros ontológicos, o al menos así la catalogué entonces.

Una vez comprobado, con ayuda del bedel, que el aparato de proyección funcionaba en perfectas condiciones, Rosario Tena apuntó en la pizarra una fecha, 13 de septiembre de 1321, cuidadosamente, con letra grande y clara.

–Ya les he dicho antes –comentó al volverse hacia nosotros– que no soy muy esclava de las fechas, pero ésta es importante: la de la muerte en Ravena, a los cincuenta y seis años, de Dante Alighieri.

Luego preguntó que si alguno de nosotros había leído *La divina comedia* y no se levantó ninguna mano. Lo comprendía –dijo–, se le tenía miedo como a todos los clásicos que desde la más tierna infancia nos han intentado inyectar en vena, pero *La divina comedia* no era más difícil de leer que el *Ulises* de Joyce, por ejemplo, y bastante más divertida.

–Pero, aparte de cuestiones de gusto –concluyó–, si lo saco a relucir es porque me parece un libro fundamental para todo el que quiera aprender a mirar un cuadro y descifrar sus símbolos, estimula la comprensión de lo caótico. Hay una traducción estupenda de Ángel Crespo.

Casi inmediatamente arrancó a hablar de *La divina comedia*, y yo me di cuenta de que estaba tomando apuntes, cosa rara en mí, como si hiciera fotografías. Aparecen sucesivamente una loba, una pantera y un león al pie de la colina. Luego sale Virgilio, una especie de sombra que rompe a hablar. Y es que lo estaba viendo, y dispuesta a seguir por donde me llevara la voz de aquella chica de las gafitas solamente ocho años mayor que yo y cuatro más joven que Dante cuando se detiene perplejo en la selva oscura del principio y confiesa que ha perdido el camino. Hablaba sin mirar ningún libro mientras comentaba aquél «por encima», según dijo, pero intercalando citas que parecía saberse de memoria, como sobrevolando el texto entre segura e ingenua; y desde la selva oscura donde se encuentra extraviado el poeta, sin saber cómo ha llegado allí, Virgilio a Dante y a mí Rosario Tena nos iban guiando primero por un inmenso y terrible embudo empotrado en el centro de la tierra y luego camino arriba de una montaña formada por las rocas que desplazó Lucifer en su caída, hasta llegar por fin, franqueando siete cornisas, a la ansiada cumbre de los jardines del Edén donde el poeta va a encontrar a Beatriz mirando al sol con ojos de águila y que le dice: «Te crea confusiones / tu falso imaginar, y no estás viendo / lo que verías libre de ilusiones», un mundo transparente pero al mismo tiempo difícil de entender porque nos pilla desprevenidos, porque estamos acostumbrados al mal, un espacio algo frío tal vez, como lo es el ejercicio agudo de la inteligencia, pero tan dantesco como el que se acostumbra a calificar así por sus espantos, qué cara estamos pagando la exclusiva sublimación de lo sombrío y tortuoso, la excursión literaria por la boca del lobo. Y un chico flaco y con los ojos hundidos que estaba a mi lado y solía dormirse en todas las clases, respiró hondo y luego emitió una especie de resoplido:

—Jo, qué tía —dijo como para sí mismo—, ¡no sabe nada ésa!

No eran sólo cuevas, ríos subterráneos, seres retorcidos por el tormento y lagunas tenebrosas lo que Virgilio y Rosario nos mostraban, sino también la brisa fría percibida al salir del encierro a la luz, una luz lejana e inabarcable de astros que laten en otro hemisferio y nos mandan sus rayos de esperanza. Pero son pausas, y hay que saberlo, cuya esencia reside en su misma fugacidad, el dolor está ahí, detrás de cualquier risco con las fauces abiertas, y eso no hay que olvidarlo, Dante no permite que lo olvidemos. En el Paraíso nunca se deja de hacer referencias a nuestra condición mortal, de la misma manera que se encuentran rastros de placer en el Infierno y en el Purgatorio; en eso consistía el mensaje cifrado, en hacernos notar cómo a lo largo del viaje emprendido se iban revelando aspectos complementarios del friso de la vida y de la muerte, del horror y la bienaventuranza, de lo cercano y lo distante; *La divina comedia* era sobre todo eso, un libro de viaje con ilustraciones. Y ella, Rosario Tena, nuestro Virgilio, veía en aquellas ilustraciones la aventura del hombre capaz de afilar su inteligencia y vencer su cobardía para buscar salvación en el seno del caos, pero sin prescindir de él, porque es tarea vana y pretensión soberbia la lucha contra el caos; y yo tomando apuntes tan febrilmente que me dolía la mano, porque se me iban ocurriendo cosas sin parar al filo de las que iba diciendo ella, de los ejemplos que ponía.

−Por ejemplo, Virgilio le hace entender a Dante, al final de la primera parte, que para escapar del Infierno no tiene más remedio que contar con el diablo, dejarse caer por los flancos hirsutos de su cuerpo gigantesco, y así empiezan a deslizarse ambos como por escalones por las púas de su vello. En un determinado momento, Dante nota aterrorizado que están subiendo en vez de bajar y cree que están volviendo al reino de las sombras, pero no ha sido ninguna jugarreta del diablo, ni se han hundido cuando más se hundían, al contrario, suben sencillamente porque están saliendo: «A otro hemisferio tienes ahora acceso», le dice Virgilio. ¿No les parece a ustedes emocionante salir del mal por las mismas escaleras del mal, lograr cambiar su rumbo sin negar su existencia, aprovechándola?

Habría pasado más de un cuarto de hora y en el aula reinaba un silencio unánime. Era noviembre, acabábamos de tener tres días de vacación por el puente de Todos los Santos y Rosario Tena dijo que el fresco que nos iba a proyectar a continuación le parecía muy adecuado para conmemorar a los fieles difuntos.

–Porque vivimos en los suburbios de la muerte –dijo–, y sólo habiendo percibido eso alguna vez se pueden entender obras como la de Orcagna.

Lo dijo con voz seria y apagada. Bastante tiempo después supe que por aquellos días se había matado un hermano suyo en accidente de moto.

–Vamos a encontrarnos muy frecuentemente con temas de *La divina comedia* en los cuadros que a lo largo de clases sucesivas les iré dando a conocer, ascensión y caída, levitación y abismo, miedo y coraje, y siempre la amenaza de la muerte rondando como un cortejo invisible a la vida. O al revés, porque otras veces son las tropas de la vida las que acosan el castillo de la muerte y ponen en fuga a sus fantasmas. En fin –concluyó Rosario–, los pintores del *trecento* habían leído a Dante como un breviario y Giotto, por ejemplo, era además amigo íntimo suyo. Son artistas tan literarios como pictórica pueda ser *La divina comedia*. Incluso nos falta a veces algún letrerito a modo de leyenda de cómic. Enseguida vamos a verlo.

Nos proyectó a continuación unos frescos del Camposanto de Pisa atribuidos a Orcagna, un pintor del que yo no había oído hablar en mi vida. La proyección duró lo que quedaba de clase, y ella se limitaba a hacer breves comentarios, a medida que iba ampliando detalles significativos e insignificantes, como si explorase uno por uno los rincones de una habitación. Todo con mucha lentitud, para que se nos quedara grabado en la retina, que en eso consistía –dijo– el placer de la contemplación.

Se ve en uno de los extremos a un grupo de damas y caballeros solazándose en un vergel al son del clavicordio. Dos ángeles sostienen sobre ellos, desplegado como una colgadura, un letrero que dice: «Ni el mucho saber ni la riqueza, y menos vanidad o una rancia nobleza, los va a librar a éstos de la muerte», en italiano, claro, pero ella lo tradujo. Al otro lado, una cabalgata también de damas y caballeros que avanza descuidada por el monte se sobresalta al descubrir tres ataúdes abiertos con cadáveres en estado de descomposición. Todo el cielo está surcado por ángeles y demonios que, a manera de bandada de insectos surrealistas, se disputan la presa de los vivos. En el yermo, alejados de la colosal guadaña de la muerte, dos ermitaños, entregados a sus meditaciones, parecen ser los únicos en cuyo rostro se pinta la serenidad.

–El autor, si fue Orcagna, que no se sabe seguro –acabó Rosario Tena–, ha puesto el acento más en lo inexplicable y misterioso que en una pretensión de moraleja. Yo veo en este cuadro sobre todo un himno a lo absurdo, tal vez por eso me parece tan moderno y tan intemporal por otra parte. Desde que el mundo es mundo, vivir y morir vienen siendo la cara y la cruz de una misma moneda echada al aire, pero si sale cara es todavía más absurdo. Para mí, si quieren que les diga la verdad, lo raro es vivir. Hasta el viernes.

Así concluyó su clase. Yo anoté en el cuaderno, como remate de mis apuntes: «Lo raro es vivir. (Posible título para una canción)».

Aquella misma tarde empecé a leer *La divina comedia*.

XVI. RUPTURA CON EL DÚPLEX

Fue un curso en que pasaron muchas cosas. La principal es que me fui de casa. Precisamente la mañana en que vi por primera vez en el bar de la facultad a la profesora de las gafitas, estaba escribiéndole a mi madre una carta que luego no le mandé, porque mi grafomanía corre parejas con el arrepentimiento epistolar, y por todos los libros y cajones me salen borradores cuyos destinatarios son de preferencia ella o Roque, y más tarde también Rosario, algunas cartas ya cerradas y con el sello puesto, otras incompletas; y eso sin contar con las muchas que he roto.

Aquélla no la he roto. Apareció el otro día dentro de las páginas de *La divina comedia* precisamente, a la altura del Purgatorio, está sin terminar y dice así:

«Querida madre:
Cuando te dije ayer que me marcho de casa, no me pediste explicaciones. Eso es lo que más me duele de ti, que nunca me pidas explicaciones, que me fuerces a darte las que no son para justificar una conducta mía que tu silencio censura, te tuvo que extrañar lo que te dije y hasta ofenderte tal vez, trato siempre de que no me veas mendigando a las puertas

185

de tu cara a la espera de unas monedas de compasión o de cólera, y eso me hace mentir, embarullarme, hubiera preferido que dieras un portazo y que se tambaleara alguna de las paredes de ese dúplex reciente y suntuoso que detesto, es lo que no te dije ayer, me voy porque lo detesto, porque no me pediste consejo para elegirlo ni para deshacerte de muebles que yo quería mucho, dirás que colaborar conmigo es casi imposible, que me fui un mes a Ginebra, que le doy largas a todo y que incluso alguna vez he llegado a pedirte que me dejes en paz, que me da igual, que tomes siempre tú las decisiones y te he dado las gracias, pero yo, madre, los cuatro meses que he pasado ahí me han hecho añorar furiosamente el olor de la otra casa, con tanta huella todavía del desorden y las indecisiones de papá, ya sé que no te gusta que hablemos de él, que te parece inútil, y lo es, barrenar en los asuntos que son agua pasada, papá ya hace ocho años que nos dejó solas y enfrentadas en nuestras diferencias, agua pasada, sí. Quisiera, aunque no sea capaz de pedírtelo, buscar contigo los puntos de contacto que puedan existir a pesar de nuestras diferencias, que me ayudaras a aceptarlas, es cuando las olvidas o cuando pretendes anularlas cuando se ahonda el foso que nos separa, y no sé desde cuándo. Quisiera saber también en qué te he defraudado, ya sé que no soy de fácil acceso y que pongo barreras, que puedo parecer poco flexible, pero tú te doblegas tan poco como yo. En fin, volviendo al dúplex...»

No terminé la carta. Posiblemente porque me empecé a entretener mirando a la profesora de las gafitas.

En fin, volviendo al dúplex (que mi madre había dicho poner para las dos con tanta ilusión y en el que no paré ni cinco meses), estaba y sigue estando por la zona del Bernabeu, era amplio y luminoso, tenía tres baños, dos entradas independientes y suficiente espacio como para vivir juntas sin tenernos que molestar una a otra. Se daba por supuesto que yo, mi parte, mucho más reducida, la podía decorar y atiborrar de trastos a mi manera, traer a ella a quien me diera la gana, pero más tarde he entendido que mi rechazo surgió, casi como una repugnancia física, al darme cuenta, ante tanta luminosidad y limpieza, de que yo mis huellas familiares las había perdido y allí no tenía ninguna que dejar.

Pasadas las navidades, que me dulcificó la lectura de Dante, me mudé al ático de Antón Martín, donde poco a poco, a base de divagaciones solitarias primero y de excesos eróticos después, se fue consumando la ruptura con mi adolescencia de hija única, decidida a escapar, aunque fuese de mala manera, de la tiranía de unos padres separados y cultos, que dicen haberla educado para que vuele con alas propias y no caiga en sensiblerías. Vivía de mis traducciones de ruso, leía muchísimo y mis relaciones con mamá habían mejorado. Nos veíamos a menudo para comer, y yo seguía teniendo libros y ropa mía en el dúplex, ella me había dado un juego de llaves, que nunca consintió que le devolviera, pero las usaba poco. «Aunque no vengas tú por ahora», me decía, «pueden servirle a un amigo en apuros, nunca se sabe. Y ese ámbito es tuyo.» Decía «por ahora» de una forma maquinal y poco convincente, como pulsando un interruptor que oscurecía sus palabras más que iluminarlas, la mentira y el deterioro se suelen colar a través de los adverbios de tiempo. Enseguida noté que mi ruptura con el dúplex no la interpretaba como algo provisional. Y creo, aunque no tengo pruebas, que le produjo alivio.

Lo que no admite duda, en cambio, es que aquella

sospecha de su alivio, fundamentada o no, fraguó definitivamente mi decisión de no volver.

Los principios del verano coincidieron con una racha de efervescencia y plenitud, de esas etapas en que te parece que nada va a ser imposible. A Roque lo había conocido a principios de marzo y aunque tal vez empezara a convertirse para mí en droga dura, nada me hacía ponerme en guardia. Ni había aparecido el síndrome de abstinencia ni los efectos de su trato se revelaban contraproducentes para el cultivo de mis aficiones, cada día más intensas y variadas. Al contrario, leía vorazmente, iba a museos que nunca había visitado, componía canciones y entregaba con más puntualidad que nunca mis traducciones de ruso. Me bastaba con una breve ducha y un café para sentirme ágil como un gamo y con la cabeza a punto, por mucho que hubiera trasnochado. Aunque no descartaba la idea de presentarme a alguna oposición, y ni siquiera se me planteaba la posibilidad de no sacarla, había conseguido instalarme en el puro *carpe diem*. Y mi nueva vivienda empezaba a gustarme. Había vencido lo peor. O eso creía.

Del *trecento* italiano, incrustado en el centro de aquel periodo como un jardín profuso, encantado y a veces terrible, arrancan en el recuerdo una serie de senderos que se entrecruzan con los recorridos por personajes de Giotto, Dante, Fra Angélico o Lorenzetti, veo aún aquellas escenas reproducidas en postales pinchadas por la buhardilla de las paredes azules, allí quedaron sus huellas junto a las de mi propia historia, mezclados sus olores y sabores, un guiso que admitía la lujuria y el ensimismamiento, la maldad y el perdón cociendo en la misma marmita.

«¿Es que no te cansas nunca de nada?», me preguntaba Roque con los ojos negros como carbones fijos en cualquier pirueta de mi cuerpo. Otras veces los entrecerraba, era sensual y perezoso, siempre se quedaba dormido antes que yo y tampoco recuerdo que ninguna vez se levantara antes. Lo que sí era frecuente es que me despertara él llamando al telefonillo de abajo a horas intempestivas porque tenía ganas de verme, tardó mucho en aceptar un juego de llaves que de vez en cuando le ofrecía, «los juegos de llaves son la cerradura del juego del amor, cuantas más dificultades quitas, más pones, ¿no lo sabías?», y a mí me encantaban entonces aquellas consignas, en las que probablemente tuvo razón, como se vería luego. Me duchaba, me vestía, le daba un beso, le dejaba dormido y me marchaba a la calle, tarareando algún entrerrock nuevo. Si al volver no me lo encontraba ni había dejado ninguna nota, daba igual, formaba parte del juego que no tenía nada que ver con el de llaves, tampoco me importaba por entonces perder su pista durante algunos días, siempre iba a quererme y a echarme de menos, estaba segura, era horrible aquello de «más vale pájaro en mano que ciento volando».

En general casi todos los refranes eran bastante horribles y a mí me encantaba exhibir una actitud contestataria ante aquel compendio de consejos atesorados por la sabiduría popular. Hoy pienso que se trataba de una postura demasiado radical, que en realidad no todos son tan mezquinos como yo sostenía, y además debiera estarle agradecida a la riqueza metafórica del refranero, ya que alimentó –aunque fuera para llevarle la contraria en su contenido– el estilo poético de alguna canción mía como «Pájaro en mano». Otro refrán odiado por mí, «Quien mucho abarca poco aprieta», inspiró la letra de «Abarcar apretando», un entrerrock que, aunque no llegué a grabar nunca, me dio algún dinero porque le cedí los derechos a otros cantautores conocidos. Y aquel verano a que me refiero se había hecho bastante famoso, se oía por la radio y en discotecas. Yo quería eso, y me parecía entonces posible: abarcar apretando.

A principios de septiembre, me encontré con Rosario Tena un domingo por la mañana en el museo Reina Sofía. Durante el curso no había hablado casi con ella, porque ninguna de las dos paraba mucho por el bar de la facultad, yo, por bien que me caiga un profesor, abordarlo a la salida de clase sin más pretexto que el de hacerme la lista era algo que no podía soportar, supongo que ese rechazo a cuanto pueda interpretarse como pelotilleo también lo heredo de mi padre. Era el profesor quien debía dar pasos hacia el alumno —decía—, y no al revés. Y sin embargo, cuando se marchó Rosario Tena casi sin despedirse, me había quedado a disgusto e incluso con una punta de mala conciencia por no haber buscado la ocasión para darle las gracias por sus clases.

También en otros terrenos menos delimitados su ausencia dejó entre nosotras una especie de cuenta pendiente. En muchas ocasiones me había parecido percibir que ella daba las clases exclusivamente para mí, pero teniendo en cuenta que no me buscaba nunca ni me saludaba de una forma especial cuando nos encontrábamos por el pasillo, acabé descartando como falsa aquella impresión, cosa que suele aconsejarme el buen criterio cuando se enfrenta con mi tendencia a la egolatría.

Total que me dio mucha alegría volver a encontrarme con Rosario inesperadamente en aquella mañana de septiembre para la cual no tenía previsto ningún plan excitante. Eran las doce, y mi visita solitaria a una exposición de pintura cubista quedó automáticamente demorada en cuanto descubrí, a través de los cristales de la galería, aquella figura de mujer que me resultaba tan querida y familiar.

De todas maneras me quedé contemplándola antes

un rato, e incluso estuve dudando si abordarla o no, porque ella no me había visto ni parecía tener muchas ganas de prestar atención al mundo exterior. Tal vez estuviera esperando a alguien. Estaba sentada en el patio interior sobre un banco de piedra con la cabeza baja y las manos caídas a lo largo del cuerpo. Me pareció desmejorada y excesivamente pálida, no debía haber recibido un solo rayo de sol en todo el verano. Le había crecido el pelo y lo llevaba recogido en una coleta. No se movía ni miraba a ningún lado. Tampoco estaba leyendo.

Me acerqué y me quedé parada delante de ella, pero tardó unos instantes en alzar hacia mí unos ojos ausentes.

–¿Te acuerdas de mí? –le pregunté–. Me diste clase este año, supongo que te puedo tutear.

Asintió sin palabras.

–¿Que te puedo tutear o que te acuerdas de mí?

–Las dos cosas –dijo con voz átona, sin el menor atisbo de aquella mirada diligente y acogedora que me había llamado la atención la primera vez que la vi en el bar de la facultad.

Le pregunté que si estaba esperando a alguien, que no, que si le importaba que me sentara un rato con ella. A eso se encogió de hombros.

–A mí me da igual, allá tú. Perdona –añadió–, es que no estoy para nada hoy. Tengo un día muy malo. Un día horrible.

Y se le quebró la voz.

No me gusta ser indiscreta. Pero tampoco puedo resistir que nadie llore, aunque mi reacción ante el llanto ajeno suele ser de huida. Aquella mañana, por el contrario, me senté sin dudarlo junto a Rosario Tena y le pasé un brazo por los hombros huesudos que enseguida empezaron a estremecerse. Los llevaba al aire, asomando de un traje negro con tirantes que acentuaba la blancura de su piel.

Me parecía inoportuno hablarle de mí, decirle cuánto había aprendido en sus clases, y casi pecado inventar una frase brillante. Ella no era en aquel momento la profesora inspirada capaz de sobrevolar *La divina comedia* con ademán sereno y mirada diamantina, era un ser torturado que se debatía entre las llamas del infierno. Y a mí, ¿quién me tocaba ser en aquella situación?

–Si quieres contarme algo, cuéntamelo, y si no, nada. Pero yo te quiero mucho, de verdad, y siento que estés mal. Ojalá pudiera hacer algo por ti –le dije, asombrada yo misma del cariño con que se lo decía.

Entonces ella ya se echó a llorar abiertamente, con la cabeza hundida en mi chaqueta y estuvimos así unos instantes, yo acariciándole los hombros y el pelo y ella llorando, hasta que empecé a mirar alrededor un poco de reojo, porque me daba apuro. Fue cuando le pregunté que si quería ir un rato a mi casa, que no quedaba lejos y me dijo que bueno, pero sin deponer en ningún momento ni entonces ni durante el trayecto hasta la buhardilla su actitud muda, e incluso un poco hostil, de víctima que se agarra, desahuciada de toda esperanza, a la primera tabla que le tienden con gestos crispados de náufrago.

Avanzábamos en silencio por la calle de Santa Isabel, ella seguía llorando y yo no sabía qué decir, pero me sentía obligada a seguirla llevando cogida por los hombros, aunque me espantaba la idea de encontrarme con Roque.

Cuando posteriormente se me ha cruzado a veces (sin que yo lo convocara, por supuesto) el recuerdo de esta escena, me he dado cuenta de que casi enseguida me empezó a resultar violenta y Rosario un poco empalagosa, pero tengo que reconocer también que quien le dio pie fui yo, nadie me había mandado sentarme a su lado, pasarle el brazo por los hombros y decirle que la quería. Es la primera vez en mi vida –y la última– que me he puesto a acariciar a un desconocido sin que mediaran propósitos eróticos. ¿Qué había pasado entonces? ¿Se trataba de un homenaje a Dante?

Mientras la precedía, esta vez yo a modo de Virgilio, por las escaleras empinadas de la buhardilla, pidiéndole a todos los santos del cielo que Roque se hubiera largado, ya era consciente de que aquel ser atribulado que me seguía era la contrafigura de quien acertó a separar verbalmente el orden del caos. La profesora de las gafitas había desaparecido dejando como secuela a la provinciana ambiciosa, impaciente y un poco resentida que luego sus confidencias me fueron revelando. Mucho menos dotada, además, para la narración épica de sus propias penas que para abarcar líricamente el sufrimiento irremediable de todo el género humano.

Afortunadamente Roque no estaba, me había dejado una nota diciendo que se pasaría por la tarde con la moto para ver si me apetecía dar una vuelta.

Cuando llegó a buscarme a las ocho, a Rosario Tena ya la había expedido al dúplex, porque uno de sus problemas más urgentes era el del alojamiento, tenía la cabeza como un bombo y estaba agotada. Le dije a Roque por el telefonillo que subiera un rato si quería pero que me dolía la cabeza y no tenía ganas de salir.

Subió y, a pesar de lo poco que le gustan las historias sentimentales, la de Rosario se la resumí. Era de una familia de pescadores de Santander, estudiante destacada con becas, no tenía trabajo y acababa de irse de la casa donde vivía en Madrid, porque las relaciones con su cuñado, dueño de un bar en Moratalaz, habían llegado a hacerse insoportables, y su hermana no era

193

capaz de sacar la cara por ella, todo un poco sórdido; hacía causa común con el marido.

—No todo el mundo tiene la misma suerte —le dije a Roque—, ya ves, se ríen de ella porque quiere ser pintora.

—¿Pintora? ¿Pero no decías que es una profesora tan buena?

—Sí, es muy buena, la mejor que he tenido, pero ella no lo ve así, desde niña ha soñado con llegar a ser alguien a quien se reconozca por su obra y se piensa dejar la piel en eso. Ha hecho alguna exposición en pueblos del Norte, dice, pero cosa de nada.

—¿Y qué tal pinta?

—Pues mira, no sé. De eso entiende más mi madre. La he telefoneado para que se ocupe un poco de ella y la he mandado al dúplex. Pensaba que era en plan de alquiler, pero ya le he dicho que no. Que cuando sea famosa ya me pagará alquiler.

—Le habrá parecido un cuento de hadas.

—Más bien. Sobre todo cuando se ha enterado de que soy hija de Águeda Luengo; no se lo podía creer. La admira muchísimo, por lo visto.

—Pues, entonces, ¿qué problema hay para que tengas esa cara? Has actuado de hada madrina, le has dado utilidad a ese dúplex que tantos remordimientos raros te causa, y encima a tu madre igual la haces feliz.

—Ojalá —dije pensativa—. Tampoco es que tengan que verse mucho, porque son apartamentos aislados. Y, al fin y al cabo, el mío es mío. Pero preferiría que se llevaran bien.

—Depende de la tendencia que tenga tu madre a ejercer de Pigmalión.

—Ninguna, pues buena es, conmigo nunca la ha tenido. Me ha pedido desde pequeña que no le permita angustiarse por mi vida ni intentar influir en ella, le dan miedo esas madres que de tanto echarles en cara a sus hijos lo que han hecho por ellos acaban creyéndose con derecho incluso a que les devuelvan lo que nunca les perteneció, dice que la vida sólo es de quien la agarra y la conquista por su cuenta. A mí no me protege, desde luego.

Roque me miraba con cierta burla, como quien está de vuelta de ese tipo de discursos. Nunca solía hablarle de mi madre.

–Pero bueno, chica, tú qué tienes que ver, no te metas en esa olla. De Pigmalión no se ejerce con los hijos sino con gente de otra especie. Son tendencias secretas, nosotros de lo que sienten los padres por esa gente no sabemos nada. Igual le va el rollo. Y como le vaya, yo te aseguro que esa cuñada ofendida que sueña con la gloria, es carne de Pigmalión para tu madre. Venga ya, olvídate, el dolor de cabeza se te quita con el aire en la cara. Vamos, no te andes arreglando, que estás sexy en plan superlativo y no hay tiempo. Tengo la moto abajo subida a la acera de mal través.

Andando el tiempo, cuando asistí a la primera exposición de pintura que Rosario había logrado hacer en Madrid, sin duda mediante recomendación de mi madre, no pude por menos de pensar en Roque –que para entonces, por cierto, ya me daba más disgustos que placeres–, y reconocer el buen tino que siempre tuvo para clavar a la gente, como si fueran mariposas dentro de una caja de cristal.

En primer lugar, los cuadros de Rosario eran lamentables, sobre todo porque a cualquier entendido le tenía que saltar a la cara que eran un vil remedo de los de mi madre. Pero además es que también la imitaba en la manera de vestir y de moverse, hasta incluso un poco en la voz. Mi madre tiene un estilo demasiado personal como para que el copista, y más si va a su lado, no quede en evidencia. Rosario con aquel traje sastre rosa de pantalón, la sonrisa presuntamente altiva y mechas en el pelo, se movía entre los amigos de mamá sin gracia ni soltura, pendiente a cada instante de la figura de ella. En un determinado momento, cuando me acerqué a saludarla, noté que notaba lo que estaba pensando de sus cuadros y de todo lo demás, aunque no se lo dije. Y entonces creí percibir en el fondo de sus ojos afables un brillo de espada en alto.

Fue cuando se me apareció por primera vez la imagen de Anne Baxter en *Eva al desnudo*.

XVII. LAS ESCALERAS DEL DIABLO

—Soy yo, Águeda. Ábreme —dije desde la calle con voz firme—. No te habrás dormido.

Y me llegó a través del telefonillo un «¡no!, ¡no puede ser!» como de ultratumba, ahogado al final por un sollozo que tenía algo de aullido.

—Venga ya, no hagas escenas —contesté impaciente—. Déjame subir, por favor. ¿O es que estabas con alguien y molesto?

Por toda respuesta noté el chasquido de la puerta dispuesta a ceder, y la empujé con un poco de mal humor. Después de todo, estaba teniendo demasiados miramientos. El apartamento de Rosario seguía siendo mío, y ahora ya también el dúplex entero, con todos los objetos de valor que pudiera contener, incluidos los cuadros firmados por Águeda Luengo, a poco testamento que ella hubiera dejado, o incluso aunque no hubiera dejado ninguno, de papá estaba divorciada, soy su única heredera. Pero estas consideraciones mezquinas y tan ajenas al «pronto impetuoso» que había guiado mi coche hasta la zona del Bernabeu quedaron anuladas precisamente al recordar la firma estampada en el extremo inferior derecha de aquellos cuadros tan cotizados. A veces se me olvida que llevo su mismo nombre de pila y que hablamos muy parecido. Así que mi incipiente desagrado ante el gemido folletinesco de Rosario se disolvió nada más pulsar el botón número quince del ascensor. Pobre mujer, era bastante probable que con mi «soy Águeda, ábreme», tan intempestivo además, le hubiera dado un susto de muerte.

Se lo había dado, efectivamente. Me lo dijo antes de nada, en cuanto me vio salir del ascensor, pues me esperaba con la puerta abierta –«perdona, pero de repente me pareció ella»– y enseguida añadió que no se había atrevido a pasar por mi casa, pero que ya empezaba a temer que me hubiera ido fuera de Madrid, menos mal que podía hablar conmigo antes de irse ella, al día siguiente venía un amigo con una furgoneta para cargar sus trastos, de allí no se llevaba nada que no fuera suyo, ni un alfiler, eran tantos los recados que quería darme, y las llaves, claro, además de lo mucho que me tenía que agradecer, por Madrid pensaba de momento volver poco, y todo con los ojos aún llorosos, «por fin» y «menos mal», lo dijo varias veces entrecortadamente, aun antes de invitarme a pasar, paradas una frente a otra en los umbrales del amplio vestíbulo que da acceso al estudio de mi madre, tras un abrazo compulsivo y torpe que de momento no ponía las cosas demasiado fáciles, «has venido, eso es lo que importa, qué alivio, menos mal».

Pero el mal, o más propiamente el mundo de las sombras, por decirlo con frase de la profesora de las gafitas, no parecía haber sufrido de veras la merma implícita en aquellos «menos mal» que se sucedían como estornudos. A no ser que cupiese en la cara de Rosario antes de mi llegada una expresión aún más sombría que la que se pintaba ante mis ojos, cosa difícilmente imaginable. Todo su ser sugería la opacidad de ciertas ventanillas de tren abandonado en vía muerta. Había engordado bastante, hablaba muy nerviosa y estaba vestida con un chándal azul.

Me extrañó que me hubiera abierto por allí y no por la puerta de arriba, que era donde yo había llamado y que tiene entrada independiente, aunque el ascensor sólo llegue hasta el piso quince izquierda y derecha, separaciones que en su día fueron anuladas implacablemente a golpe de piqueta, el apartamento de arriba es mucho más pequeño, desde la calle se ve como una especie de torreón.

A mi madre le encantaba hacer planos, cuando yo era pequeña me dibujaba ciudades imaginarias llenas de escondites, pero luego los escondites empezó a odiarlos. (No me refiero a los de dentro, que aumentaban, yo creo, cuantos más tabiques tiraba o soñaba con tirar.) Aquella disposición de espacios abiertos del dúplex la tenía en la cabeza hacía mucho, desde poco después de marcharse papá, y le sugirió la idea a un arquitecto amigo suyo cuando ya tenía suficiente dinero ahorrado, era una idea fija aquello del famoso dúplex, yo siempre que la veía consultando un plano o dibujando alguno que trataba de enseñarme, salía corriendo, «mira, déjame en paz, el dinero lo ganas tú, ¿no?, pues haz lo que quieras»; siempre le gustó la decoración de interiores y con el gremio de arquitectos se llevaba muy bien, cuanto más modernos mejor. Ahora me da pena que a Tomás sólo llegara a conocerlo superficialmente, y también un poco de remordimiento, porque la culpa fue mía; una vez comentando con él lo del dúplex me dijo que esa idea de las dos entradas independientes le parecía estupenda, una modalidad de convivencia muy bien resuelta incluso para matrimonios.

¿Por qué habría bajado Rosario a abrirme por allí? Todas las luces de dentro estaban encendidas y por encima de su hombro vislumbré la inmensidad de aquellas superficies color crema y verde muy pálido, sin recovecos ni misterio aparente, aunque quién sabe, donde Águeda Luengo se había entregado febrilmente a su trabajo durante trece años seguidos, los más importantes de su carrera. Pocas veces vine a visitarla, ésa es la verdad, pero me queda el consuelo de que la última, a principios de aquel mismo año, fue una verdadera fiesta y nos reímos mucho.

De lo que más hablamos fue de los tabiques y de su manía de tirarlos, «es que tirar tabiques, hija mía, igual que cachivaches o papeles que ya no hacen más que estorbar, es como operarse de un tumor antes de que se vuelva maligno, o como hacer gimnasia para seguir en forma, ya sabes que a mí no me gustan los obstáculos entre el aire y yo, no lo entiendes porque todavía no eres vieja, los jóvenes respiráis sin daros cuenta», yo le dije que ella tampoco era vieja ni lo sería nunca, que aquello de tirar tabiques, muebles y papeles era desde luego una manía pero no de vieja sino todo lo contrario, manía de carácter que cada cual tenemos el nuestro, y también le pregunté que si lo de la gimnasia para estar en forma lo había dicho como una metáfora, «¿una metáfora? Ahora lo vas a ver», se tiró al suelo, y sin levantar el culo de la moqueta subía las piernas juntas y derechas que daba gloria con las puntas de los pies en ángulo agudo hacia el pecho, yo intenté imitarla pero no podía, «seguro que llegas a los cien años, Luengo», le dije, porque cuando estábamos de broma la llamaba Luengo, y ella «Dios no lo quiera; por favor», una tarde inolvidable, las dos solas, a quién se le iba a pasar por la cabeza que no le quedaba ni medio año de vida. Rosario se había ido a Santander para pasar las navidades y Tomás no vino, aunque precisamente esa tarde hablamos bastante de él, «a mí tampoco me interesa intimar con su familia, ¿sabes?, luego se lían las cosas y así estamos muy bien, aunque si quieres que te diga la verdad...». Y ella me interrumpió diciendo que se conformaba con una verdad a medias, que para llegar a más de eso no estábamos educadas ni ella ni yo, seria y risueña al mismo tiempo, como si con aquella confesión repartiera entre ambas la responsabilidad de nuestros errores, y se estableció de repente una complicidad muy dulce que aligeraba el peso de cualquier confidencia. «De acuerdo, pues contando con eso te diré que a mí ver a la madre de Tomás no me da ni frío ni calor, pero en mi caso es distinto, soy yo la que no le doy facilidades para que te conozca a fondo porque se enamoraría de ti seguro.» Se echó a reír y dijo que lo mío no tenía remedio ni siquiera con un arquitecto al lado, que había nacido gaseosa y que gaseosa moriría, y la mención a las burbujas nos llevó a abrir una botella de champán francés que tenía ella en la nevera y que nos tomamos con unos canapés de caviar y salmón ahumado, se había hecho muy tarde, había empezado a nevar un poco, y a través de las grandes vidrieras del estudio se veían brillar las luces altas de los edificios, salpicadas de copos incipientes que danzaban en remolino, ahora ella estaba preparando una exposición que titulaba «Geografía urbana» y me enseñó algunos bocetos, «te has vuelto un poco neoyorquina, Luengo», y se encogió de hombros con una sonrisa levemente triste, «nos vamos volviendo lo que podemos», dijo, «hace mucho que no me tomo el pulso».

Acabé contándole cosas de Vidal y Villalba, que llevaba más de cuatro años pegándome voces por dentro a ver si lo sacaba de los papeles polvorientos y me hacía cargo en serio de su historia, tenía muy reciente la relectura de los primeros interrogatorios que le hizo en la cárcel don Blas de Hinojosa, y me salió una narración bastante apasionada, bien es verdad que el rostro de ella me daba pie, pocas veces la había visto mirarme con tanta emoción cuando la estaba contando algo, me refiero, claro, a mi edad adulta, porque de niña se bebía mis cuentos. «Pero bueno, Agui, eso es una absoluta maravilla, parece una novela policiaca, y encima con el testimonio de un criado que se finge loco, ¿te das cuenta de que no lo puedes dejar?» «Eso mismo me dice Tomás.» Se sonrió y me pasó la mano por el pelo. «Si somos dos a decírtelo, lo dejas seguro, pero sería una pena.» Le prometí que no, que de ese año no pasaba el que me pusiera a redactar, aunque primero tenía que ordenar cronológicamente por una parte las declaraciones de don Luis y su criado, por otra los oficios de Estado relativos al caso y por otra los informes médicos, me había matriculado en un curso de IBM, pero muchas veces no iba, me aburría, a mí las máquinas se me dan fatal. Claro que todo eso eran pretextos –reconocí–, lo que me pasaba es que me estaba entrando una enfermedad que tiene nombre, la enfermedad de las tesis doctorales; y le conté la historia de una señora inglesa que se había venido a vivir definitivamente a Simancas, donde pasó muchísimos años siguiéndole, la pista a ciertos personajes que acompañaron a Colón en su viaje a América, creo que era, y no llegó a escribir nada, murió de vieja una mañana que entraba a investigar como todos los días, y tiene una placa allí en el archivo, en el mismo sitio donde cayó fulminada por el rayo. Y mi madre se rió muchísimo, a carcajada limpia, «cuando estás en vena, con nadie me divierto tanto como contigo».

De Rosario apenas hablamos, ahora me pregunto cómo a lo largo de tantas horas no salió a relucir Rosario más que para aludir a que últimamente se iba a Santander con bastante frecuencia, no me pareció notar que mi madre esquivara el tema por ninguna razón especial, más bien interpreté que a esas alturas de su posible «pigmalionismo» se trataba de un personaje que ya no le interesaba mucho. Comentó que se le estaba agriando un poco el carácter.

Se nos hicieron las tantas en el estudio, es la última vez que tuvimos una conversación memorable y también fue su último cumpleaños, la víspera de Reyes, yo le había comprado un pañuelo de seda natural.

–Pero pasa, ¿no? –dijo Rosario, a quien mi silencio tal vez empezaría a resultarle raro.

–Pues verás, si no te importa, prefiero subir a pie hasta la otra puerta –dije señalando el tramo de escalera que llevaba a la parte de arriba del dúplex–. Para ver el estudio de ella todavía no tengo muchos ánimos, espero que lo comprendas.

–¿Cómo no lo voy a comprender? A mí me pasa lo mismo.

–¿Y entonces por qué has bajado a abrirme por aquí? Yo le he dado al botón de arriba. Es a ti a quien vengo a ver.

–Bueno, no sé..., tienes razón –se aturulló–. Ahora mismo paso y te abro por arriba, aunque lo tengo desordenadísimo, estoy recogiendo todas mis cosas, te va a hacer una impresión horrible...

–¿Y qué más da, Rosario, por favor? No vengo a hacerte una visita de cumplido –corté, mientras le daba la espalda y empezaba a subir los diecinueve escalones que separan ambos niveles.

Los subí muy despacio, contándolos uno por uno, y totalmente decidida a que al pisar el último cualquier rastro de agresividad hacia Rosario hubiera quedado desactivado. El tono claramente amedrentado e incluso algo servil de sus excusas revelaba la angustia del reo acorralado ante la amenaza de posibles fiscalizaciones. Pues no, yo no era don Blas de Hinojosa, ni se trataba de interrogarla sobre el tipo de relaciones que hubiera podido mantener con mi madre, ni de echar cuentas o sacar trapos sucios del pasado. Ahora se trataba de nosotras dos, de nuestro presente, de que pudiéramos hacer unas paces cuya guerra era consciente de haber atizado yo. Lo raro es vivir, ella misma fue quien recalcó tal extrañeza como remate a una lección inolvidable de arte y vida que aún no había tenido ocasión de agradecerle, muy raro, sí, pero estábamos las dos vivas todavía, y su hermano Miguel y Águeda Luengo también, mientras fuéramos capaces de sacar la cabeza del caos para invocarlos y contemplar su fulgor de astros que laten en otro hemisferio, era de eso principalmente de lo que tenía ganas de hablar con Rosario, venía a devolverle lo que me había enseñado, a recordárselo para que ahora le sirviera de alimento a ella.

El apartamento estaba, efectivamente, hecho una catástrofe, no sólo por los montones de libros y ropa en desorden, las maletas abiertas a medio llenar y los cuadros –unos embalados y otros no– que dificultaban el paso, sino por algo que no se veía y que únicamente pueden percibir los expertos: cierta mezcla indefinible de olores medicinales cuya aplicación se ha revelado siempre de dudosa eficacia contra esa enfermedad radical que Fichte localizó en la inercia del ser humano capaz de encadenar cualquier conato de albedrío. No quedaba un solo asiento despejado de trastos, y los gestos invertebrados de Rosario para lograr un ambiente más grato fracasaban por su misma falta de convicción. Eran palos de ciego. De eso sabía yo mucho. Excluyendo su propia figura –pensé entornando los ojos–, existía cierta armonía en aquel conjunto. Un pintor no es capaz de colocar los objetos en un desorden así.

–Haz el favor de estarte quieta, mujer –le dije–. No andes quitando nada. Si vieras cómo tengo yo mi casa. Bueno, desde esta mañana un poco mejor, porque ha venido la asistenta. ¿Te acuerdas de lo que le dijo Dante a Beatriz? «Te crea confusiones / tu falso imaginar, y no estás viendo / lo que verías libre de ilusiones.» Yo lo rezo a veces como una plegaria, aunque lo olvido, claro, cuando más falta me haría acordarme. Pero eso pasa siempre. De todas maneras, las cosas acaban por encontrar ellas solas su sitio, Rosario, es cuestión de tiempo, déjalas, y tú déjate flotar en el tiempo, ¿vale?, no manotees contra él.

–¿Que no manotee contra el tiempo? –preguntó silabeando despacio, levemente desconcertada.

–Sí, eso he dicho. Ven.

Me había sentado en la moqueta con las piernas cruzadas a lo moro y la invité a imitarme con un gesto, mientras buscaba apoyo en el respaldo de una butaca. –Anda, ven aquí, ¿qué falta hacen las sillas? A mí me encanta sentarme en el suelo, ¿a ti no? En la buhardilla aquella por Antón Martín donde estuviste una vez casi nunca lo hacía por aprensión a las cucarachas, pero supongo que aquí no salen.

Rosario había abandonado sus inútiles afanes de actividad y me miraba entre conmovida y sonámbula con un revoltijo de ropa entre los brazos.

–No. No he visto ninguna –dijo apagadamente–. Pero las peores son las que salen por dentro, ésa sí que es una invasión temerosa. Del tamaño de bisontes. Estoy hundida, te lo juro, Águeda.

Y al pronunciar aquel nombre le temblaba la voz.

–Tira todo eso al suelo y siéntate, ¿quieres? –le dije con esa mezcla de autoridad y dulzura que raras veces consigo combinar en proporciones adecuadas–. No vamos a llorar. Vamos a meditar nuestra estrategia. Recuerda que para escapar del infierno lo más ingenioso es aprovechar las escaleras que, sin darse cuenta, nos está ofreciendo el propio diablo.

Y sonreí por dentro al recordar súbitamente mi dolor de esquina de aquella misma tarde, tan agudo y reciente y sin embargo tan distante ya. ¡Qué buenas rentas le estaba sacando a mi encontronazo con Roque! Al diablo a veces basta con atreverse a arrancarle el disfraz.

Me gustó ver que Rosario obedecía inmediatamente a mis sugerencias sin preguntar nada. Dejó caer las prendas de ropa, se sentó enfrente de mí con la espalda apoyada contra la pared, suspiró hondo y entrecerró los ojos. Alargué a propósito la pausa. Aquel rostro empezaba a emitir luz. Por primera vez después de tanto tiempo, volvía a ver a la profesora de las gafitas. Sólo que ahora era ella quien parecía estar esperando mis instrucciones.

En vez de darle ninguna, crucé a gatas el espacio que nos separaba y la abracé estrechamente.

–No nos hundimos, ¿sabes? –le dije bajito–. Estamos saliendo. Y ella nos guía. Agárrate a mí.

XVIII. DON BASILIO SE DESPIDE

Hay una columna con la fecha de aquella noche, y sobre ella se sustenta el edificio de todo lo que vino luego.

A la mañana siguiente, a pesar de que no había dormido ni tres horas, me notaba capaz de acrobacias mentales arriesgadas, y tan a gusto conmigo misma y con el mundo en general que me debía salir a la cara, porque se dio cuenta Magda en cuanto llegó y me vio sentada en las escaleras del archivo, esperando a que abrieran. Se extrañó de que hubiera madrugado tanto. Pero sobre todo del aspecto tan joven que tenía, mirándome de lejos había llegado a dudar incluso de que fuera yo —dijo, mientras me inspeccionaba detalladamente como buscando alguna causa visible de aquella transformación.

—¿Te has cortado el pelo?

—¿El pelo? No.

—Pues pareces otra, chica. No sé, algo te ha pasado.

—Bueno, anoche hice las paces con una amiga. Pensándolo bien, ha sido una especie de limpieza de cutis, sí.

—Ya decía yo. Después de todo, el alma y el cuerpo viven separados por un tabique, y lo mejor es que se llevan como buenos vecinos.

Le había salido un leve tonillo de catequesis al rematar la frase.

–Otras veces andan a la greña –dije–, hay que contar con eso. Pero en lo que no estoy de acuerdo es en lo del tabique. Yo los veo en la misma habitación. Y desde luego se acuestan juntos.

Magda sonrió un poco forzadamente. Tal vez sus creencias religiosas le impedían aceptar sin escrúpulos aquella metáfora tan atrevida.

–¡Qué cosas se te ocurren, mujer! Oye –indagó curiosa–, ¿y estabais muy enfadadas tu amiga y tú?

–Propiamente enfadadas no. Un malentendido. Pero con bastantes ramificaciones. Otro día te lo cuento.

–¿De verdad? ¡Qué bien! Me he pasado la noche pensando en tu marido. En buen plan, entiéndelo –añadió ruborizándose un poco–. Quiero decir que me encanta cómo cuentas las cosas. Todo aquello de tu borrachera. De verdad, oye, parecía una novela.

–Ya, es que en cuanto te pones a atar cabos, cada uno tenemos nuestra propia novela enquistada por ahí dentro. Hasta que no se la cuentas a otro no lo sabes. En eso consiste.

–No, perdona, también hay que tener arte –dijo Magda–. Yo ahora estoy leyendo una novela que, si te vas a fijar, son los experimentos de un entomólogo en la época victoriana, y algo de amor también, pero poco, mayormente trata de la vida de los insectos, y ya ves tú, me da pena que se acabe por lo bien que lo va explicando todo. Es una mujer la autora, no me acuerdo cómo se llama, pero vive. Ya te digo, de esos libros que no se te caen de la mano, *Ángeles e insectos* sería la traducción del título. Lees inglés, ¿no?

–Sí.

–Pues en cuanto la acabe, te la paso, la compré estas navidades en Londres, me la recomendó una amiga.

No dejé que se enrollara mucho más, bastante tenía yo con las novelas que últimamente me salían por todas partes al encuentro como para meterme a seguir las peripecias de un naturalista inglés que describe la vida de los insectos. Hice un gesto de stop con la mano. ¿Por qué no lo dejábamos para otro día?

–Cuando un cajón se llena hasta los topes, te pongas como te pongas, allí no caben más cosas, Magda, y las maletas igual, ni sentándose encima; que, por cierto, siempre quedan cosas que no sabes qué hacer con ellas. A esa amiga y a mí nos pasó anoche, se marcha a Santander, ya te lo contaré. Y tú me cuentas lo del naturalista, ¿de acuerdo?

–De acuerdo –sonrió–. Pero lo tuyo tiene más suspense. Se te nota en la cara.

Hubo bastante trabajo aquel día y fui capaz de atender a todo con eficacia y buen talante, aunque a ratos se me iba un poco el santo al cielo pensando en la novela de Rosario, reviviéndola a través de las palabras que por fin habían brotado de su pozo sombrío, menos mal, como cubos rebosantes de agua fresca. Y también unos cuantos saqué yo, no resultaba tan difícil copiar su maniobra, era cuestión de ponerse, qué maravilla. Chirriaba la roldana oxidada de nuestros pozos respectivos, tirábamos de la soga y venga a beber agua de los cubos aquellos que se quedaban vacíos a poco de aparecer en el brocal, porque las dos estábamos sedientas. Teníamos sed atrasada de Águeda Luengo, de verla reflejada en otros ojos.

Y fui entendiendo casi enseguida que su muerte había dejado a Rosario más desconcertada y excluida que a mí, era la suya una orfandad comparable a la de quien despierta en medio del desierto después de un espejismo prolongado. Yo espejismo, no. Que en mi madre no había una persona sino varias, lo sabía hacía mucho, y aunque no las conociera a todas, intuía que ninguna de ellas estaba dispuesta a dejarse vampirizar por amores exclusivos, éramos de la misma raza. Pero había algo además que nunca me podía robar nadie: mi infancia privilegiada. En la de Rosario, miserable e inhóspita, sin más recursos que los de la propia fantasía, se habían ido incubando, como dos fuerzas aliadas, la ambición de medro y la tendencia a dejarse deslumbrar por algo que ella jamás había tenido, que sólo había encontrado en la literatura.

Leía vorazmente desde niña todo lo que caía entre sus manos, influida en parte por su hermano Miguel, que fue seminarista y luego se salió, lo nombró muchas veces en su relato, Miguel que en paz descanse, el único de la familia que estimuló sus aficiones, un gran poeta. Pero ella lo que quería era pintar, escaparse de la sordidez del día a día por los colores. Se sentaba en el puerto a esperar que llegara la barca de su padre, aspiraba el olor del mar, miraba entornando las pestañas la puesta de sol, y era como ver dibujarse un puente entre su cuerpo encogido y otras regiones inexploradas que parecían llamarla, un puente frágil y también peligroso, lo sabía, pero se rebelaba ante la idea de permanecer eternamente quieta dentro de aquel conjunto como una mancha gris; algún día sería capaz de trasladar a un cuadro no sólo aquellos cambios tornasolados de luz sino los sentimientos opuestos que le inspiraba un brochazo fugaz de nácar coronando las nubes o un atisbo inesperado de tormenta.

Una simbiosis, por cierto, que sus frases conseguían captar con intensa precisión, pero que yo en sus cuadros nunca había visto latir. Pintaba con la boca más que con los pinceles –¿cómo no se daba cuenta?–, a años luz de distancia el resultado, se lo dije cuando ya había desaparecido por completo el bloqueo inicial entre nosotras y yo estaba borracha de su discurso oscilante entre el miedo y la esperanza, de oír cómo sacaba a colación, para ilustrarlo, tan pronto a un mozo de mulas pintado por Giotto e inclinado a beber el agua que ha hecho brotar de una roca san Francisco, como un soneto de Juan de Arguijo que desde niña se sabía de memoria, «La tempestad y la calma». Viene en *Las mil mejores poesías de la lengua castellana,* y a mí siempre me había parecido más bien convencional, pero recitado por ella creaba a sus espaldas un decorado impresionante de mar embravecido, «crece su furia y la tormenta crece», mientras una nube negra ofusca los fulgores del rojo sol; Rosario cerraba los ojos con la cabeza apoyada en la pared y se alzaba su pecho en sacudidas, que luego se fueron aquietando al llegar a los tercetos finales:

«Mas luego vi romperse el negro velo
disuelto en agua, y a su luz primera
restituirse alegre el claro día.
Y de nuevo esplendor orlado cielo
miré, y dije, ¡quién sabe si le espera
igual mudanza a la fortuna mía!»

Y ahí ya no me pude contener y le dije: «Mira, mamá te hizo un flaco servicio animándote a que siguieras sus pasos, si es que lo hizo; tú no tienes que seguir los de nadie, cuando te sale el artista de todo el amasijo de calamidades que eres es cuando te pones a mirar el arte y la literatura desde tus ansias por escapar del infierno, de ahí es de donde sacas el poder de metáfora, transformas lo que dices en camino de luz para los otros, la gente en clase lo notaba, se quedaban sin saber qué decir, no ha pasado por ese departamento, te lo juro, una profesora como la de las gafitas. ¡Hazme caso, ponte a preparar unas oposiciones!, has nacido para eso y se acabó.»

Rosario me escuchaba absorta y complacida, mi madre nunca se lo había aconsejado. «Tal vez porque no conocía tus dotes oratorias, ¿te expresabas con ella igual que haces conmigo?», y movió la cabeza negativamente, mirando para el suelo, pues no, la pasión ofusca, y la necesidad de que nos amen y de despertar admiración nos vuelve vulgares. Y añadió que hablar de la propia vida es muy difícil, que enseguida te das cuenta de que no estás arañando más que la cáscara de la cáscara.

Noté que estábamos bordeando un asunto tabú: el de sus relaciones con mi madre.

Ya una vez en el estudio de ella, adonde finalmente bajamos para que recogiera yo algunas ropas, joyas y papeles suyos, Rosario solamente comentó en un determinado momento lo difícil que era quererla, y yo me limité a contestar que ya lo sabía. Pero la niebla tras la que se oculta Águeda Luengo no me la despejó el testimonio de Rosario Tena ni tampoco, dos días más tarde, el del abuelo, si es que puede llamarse testimonio a aportaciones tan vacilantes. Ella sigue perfilándose a lo lejos como una esfinge entre la niebla, ésa es su condición, cosa del tarannà. «No nos conviene ser tan evidentes», me solía decir.

Remedios, que aquellos días estuvo subiendo mañana y tarde para dejar la casa en condiciones antes de que volviera Tomás, me estrechó un poco uno de los trajes que mejor le sentaban a mi madre, el de chaqueta azul de seda natural, se lo ponía mucho en verano. Era un arreglo de nada, dijo Remedios arrodillada y con la manga llena de alfileres, meter un par de centímetros en las pinzas de la cintura, por lo demás me quedaba pintado, «dése la vuelta, ¿ve?, ¿o lo quiere más corto?», «no, no, justo por ahí, rozando la rodilla», «no estaba gorda la señora, Dios la tenga en su gloria, debía ser un tipazo, igual hacía gimnasia», y le dije que sí, que hacía mucha gimnasia, y a Remedios, que se las daba de ojo de águila, le encantó haberlo adivinado. «A ver si me lo puede usted tener para mañana», «no se preocupe, lo meto a la máquina esta misma noche», y sonrió con gesto malicioso. Que se me notaba a la legua –dijo– que quería estar guapa para recibir a mi marido, ¿a que sí?, «pues naturalmente, hija», recalcó sin esperar respuesta, «hace usted más que bien, no todo van a ser penas».

Pero yo no estaba pensando en Tomás, sino en el abuelo, cuando me vi con aquel vestido puesto ni cuando, nada más volver del trabajo, abría el joyero con ranurita almohadillada donde ella guardaba sus broches, prendedores de pelo y sortijas, me los probaba sucesivamente y ensayaba peinados como aquel rematado por un moño medio deshecho que a ella tanto le favorecía. Me acercaba al espejo y me sentía a punto de pasar la prueba, ¿a qué estaba esperando? Pronunciaba despacio: «el secreto de la felicidad, padre, está en no insistir», no me salía nada mal.

Hasta que una tarde a las ocho, ya vestida, peinada y enjoyada, me dirigí decidida al teléfono y me di cuenta con enorme sorpresa de que ya estaba allí, al otro lado del hilo, aun antes de haber marcado ningún número, la voz requerida, aquella voz que mi fantasía asociaba con un color azul metálico.

–Oiga... Soy Ramiro Núñez... ¿Señorita Soler?

–Sí, soy yo. Pero ¡qué casualidad! Le iba a llamar en este mismo momento, estaba descolgando... Pura telepatía, ¿no?

Me extrañó la confianza y naturalidad con que era capaz de hablarle, me pasa siempre que me veo guapa, tenía un espejo enfrente. Pero enseguida me salí de mi imagen en un intento de precisar la suya apenas esbozada, ni siquiera sabía desde dónde me estaba llamando. «Es de los que se toman tiempo antes de decir las cosas», recordé. Pero su silencio me inquietaba.

–En fin, yo iba a telefonearle porque... ¿Recibió usted mi carta?

–Sí, sí, hace tres días.

–Pues bueno, ya ha visto que por mi parte no hay inconveniente. Si me da usted luz verde, ahora mismo estaba a punto de salir para visitar al abuelo, no creo que sea demasiado tarde, ¿qué me dice?

–Que sí –contestó tajante–. Que venga cuanto antes y aquí hablamos. La espero.

El azul metálico se había despojado de reflejos misteriosos. Estaba oyendo una voz seria, de médico, sin mezcla de otra cosa.

–¿Qué pasa? –pregunté.

–Ahora se lo cuento. Ya nada. Pero venga. Su abuelo la ha llamado. Saldré a esperarla al jardín. ¿Cuánto tarda?

–Según cómo esté el tráfico.

Había salido, efectivamente, a esperarme y estaba fumando sentado en un banco del jardín. El abuelo, tras la lectura de mi carta, había caído en un mutismo total y se había negado tercamente a comer y a tomar sus medicinas; estaba siguiendo, por lo visto, un tratamiento para el corazón. Rechazaba cualquier visita a su cuarto con gestos alterados y hostiles pero sin pronunciar una sola palabra. La noche anterior había tenido una embolia pasajera seguida de síntomas de afasia.

–O sea –interrumpí yo– que ya no es que no quisiera hablar, sino que no podía.

–Exactamente.

–¿Y cómo se diferencia una situación de otra? ¿Por los gestos?

–Sí, son gestos sintomáticos, de agobio, de obstrucción; nosotros los conocemos bien. El enfermo sufre mucho cuando comprende que no puede hablar, que la voz no le sale, entonces se le atropellan en la mente todas las

214

cosas que querría decir y aletean como dentro de una cámara de cristal donde se ha hecho el vacío. Yo creo que es en momentos así cuando debe entenderse lo que significa el aire circulando por las cuerdas vocales, entrando y saliendo de los pulmones sin que nada lo obstaculice.

Respiré hondo y luego, al contestarle, estaba tan atenta a lo que decía como al milagro de oír mi propia voz.

–Así pasa con todos los privilegios –dije–, nos parecen juguetes de los que podemos permitirnos el lujo de prescindir, pero eso es sólo hasta que nos los quitan. ¿Y dice que el abuelo ha vuelto a hablar?

–Al fin ha roto a hablar, sí. Hace dos horas. Y lo primero que ha dicho es que quería levantarse y que la llamáramos a usted.

–¿A mí o a ella?

–Bueno..., ha dicho: «Que venga Águeda.»

Hubo un breve silencio. Estaba atardeciendo, dentro de poco empezarían a cantar los grillos. A lo lejos, como la primera vez que vine, se perfilaba el Valle de los Caídos, aunque no bajo una luz de tormenta. Tampoco eran las mismas las piernas del hombre alto sentado en aquel banco junto a mí. Eran las del médico que cuidaba a mi abuelo, su cercanía no era heraldo de ninguna tormenta. Le miré.

–Eso no es un dato que esclarezca el asunto, querido doctor. Yo me llamo Águeda también. ¿Ha dicho algo más?

–Muchas cosas más, sí. Pero ya todas sin pies ni cabeza. Me temo que ha entrado en un proceso irreversible de trastorno mental. Puede ser el anuncio de otro ataque más fuerte.

No sabía qué contestar. Repentinamente me sentí acobardada ante la idea de aquella visita. Necesitaba alguna energía supletoria. Y la busqué en la mirada de Ramiro Núñez, en sus ojos serios.

–¿Y qué me sugiere que haga?

–Que entre a verle, por supuesto, pero que no se demore mucho. Yo subiré a buscarla dentro de media hora. Vamos.

Nos habíamos puesto de pie, me cogió por el codo.

–¿Y cómo debo hablarle?, ¿ateniéndome a lo que él vaya diciendo? No sé, tengo miedo de que mi carta...

–Su carta –interrumpió– era el naipe adecuado, no podíamos esperar más, fue usted muy valiente, señorita Soler, al echarlo sobre la mesa. Y además el juego lo había sugerido yo. Por lo tanto los remordimientos me corresponderían a mí. Pero ahora vamos a olvidarlo, porque no se trata de jugar a nada. La vida de don Basilio está llegando a su fin, debe usted enfrentarse a esa evidencia, y hacer lo que le salga del corazón. El suyo ya es una barca sin timonel.

Entramos en el edificio, me acompañó hasta la puerta de la habitación 309, y se detuvo unos instantes, antes de llamar con los nudillos. Me miró intensamente.

–No parece usted la misma de hace una semana –dijo–, permítame que la felicite.

Bajé los ojos.

–Claro, me he disfrazado de mi madre.

–Se equivoca si cree que me refiero a eso. No se ha disfrazado usted de nada. Todo lo contrario. Ni siquiera me refiero a que me parezca usted más o menos guapa que el otro día. Es que de pronto me encuentro ante alguien que no se esconde, que va al bulto de las cosas, ante una persona de verdad. Y sé que ella se alegraría de estarla viendo así, como yo la veo.

–Gracias por decírmelo –dije conteniendo a duras penas la emoción–. ¿Llamamos?

216

−Sí −susurró−; si pasa algo, hay un timbre junto a la mesilla. Yo no andaré muy lejos.

La mano derecha de Ramiro Núñez se posó brevemente sobre mi hombro y sentí su apretón amistoso de aliento. Enseguida los nudillos de aquella misma mano estaban golpeando con delicadeza la puerta.

−¿Se puede pasar, don Basilio? Ha venido Águeda.

−¡Adelante! −dijo dentro la voz del abuelo.

Ramiro me abrió la puerta y me cedió el paso, sin moverse del umbral.

−La dejo con usted por un ratito −dijo en voz bastante alta−. Pero no le conviene cansarse, ¿entendido? Hasta ahora.

Luego cerró y oí sus pasos que se alejaban por el corredor.

El abuelo estaba sentado de espaldas en una butaca, entre almohadones, y no se volvió al oírme entrar. Avancé algo encogida. No había perdido pelo y seguía siendo un hombre de buen porte.

Me pareció que estaba hablando solo. Cuando llegué a alcanzar el ángulo de visión suficiente como para reconocer el perfil ganchudo de su nariz bajo la espesura de las cejas, comprobé que efectivamente estaba emitiendo sonidos confusos, casi imperceptibles, y que no mostraba interés en acusar recibo de mi presencia, a pesar de haber formulado un permiso expreso para aceptarla. Su claro «¡adelante!» contrastaba con aquella sopa informe de esdrújulas y gerundios que masticaba. Me detuve recelosa como ante una emboscada; ¿no estaría intentando desorientarme, ponerme a prueba? A veces cierta tendencia a la susceptibilidad me hace desconfiar de los demás achacándoles retorcimientos míos, pero en aquel caso la transferencia se apoyaba en una razón fundamental de parentesco, al fin y al cabo él no dejaba de ser mi abuelo. Estaba logrando, eso sí, ponerme nerviosa. Y lo

217

peor, como siempre que me pongo nerviosa, es que no sabía qué hacer con las manos. Me sobraban. Y cuando se lo dije a él en voz alta, así sin más ni más, simplemente porque seguir callada no lo resistía, supe que estaba echando la primera moneda al aire. Y que me convertía de pronto en esa niña que ha descorrido una cortina roja, se ha asomado al despacho de su abuelo, y quiere que él lo sepa y la haga caso, interrumpirle en sus meditaciones.

–Yo no sé, te lo digo, qué hacer con las manos. A veces son apéndices inútiles. Por eso se fuma. Tú, cuando duermes, ¿dónde las pones?, ¿por dentro o por fuera del embozo?

Una excrecencia de la más pura ley, algo que no comprometía a nada. Pero noté que había conseguido barrer aquel runrún de moscardón que salía de sus labios. Cuando empezó a hablar más alto, por mucho que siguiera sin mirarme, quedaba establecido que quien le estaba dando pie para desvariar era yo. O sea que ignorar mi presencia en su cuarto era añagaza y trampa. Sonreí. Bueno, por lo menos a ver si nos divertíamos un poco. Yo como a un moribundo no me daba la gana de tratarle. Ya está.

–Las manos de día y de noche encima del tablero del parchís –dijo–, lo saco y me pongo a repartir fichas, rebotan, alguna se cae, a Alfredo no le importa jugar con las amarillas, más vicio todavía que yo, mal color, se lo digo, ¿quién empieza?, el ruido del cubilete y las manos ocupadas, yo las rojas y las azules, las verdes le gustaban a don Claudio, pero las amarillas, «¡vade retro!», ni que estuviera loco, para ti las amarillas, Alfredo, visto que te da igual, aunque por el amarillo entra la mala suerte, siempre se lo aviso, acuérdate de Molière, pero él que no, que las supersticiones son una paparrucha, que la mala suerte puede entrar por todas partes o no entrar por ninguna, igual que la buena, tiene razón en eso, pero no se la doy, no ha leído a Molière. ¡Cuánto tiempo perdido jugando al parchís!, se nos va el serrín por ahí y se nos evaporan las manos, otro seis, ésa te la he comido, a casa, cuento veinte y encima me como la verde de don Claudio que estaba llegando al seguro. No hay nada seguro, ni el parchís, los mordiscos nos vienen de él, nos va comiendo él sin dejar marca, total para qué, para tener las manos ocupadas..., y tantos artículos del Espasa como quedan sin leer. Se paga caro no saber qué hacer con las manos. Es una trampa, no hagas trampas, Alfredo.

Empecé a perseguir el bulto invisible de aquel jugador, no había ni rastro de él, sólo brillaban como monedas de oro en la oscuridad las fichas amarillas. Me sentía arrastrada por el abuelo a una danza fantasmal.

−¿Sigues jugando al parchís con Alfredo?

Tardó un rato en contestar.

−No viene −dijo−, le llamo por las noches, cuando me aburro mucho. Pero no viene. Y jugar solo es darle vueltas al cuento de la buena pipa, ni para dormirme me sirve...

Yo seguía de pie, sin rebasar la línea de su butaca. A través de la ventana, donde él tenía fijos los ojos, había empezado a anochecer. Estábamos casi en penumbra.

Me arrodillé a su lado. Necesitaba conseguir que me mirara. Una de aquellas manos que no sabía dónde poner se alzó, venciendo una oscura resistencia, hasta el antebrazo de la butaca y se posó allí como un pájaro sin designio que, poco a poco, va encontrando calor en nido ajeno.

−No le des vueltas a las cosas, padrito −dije, esbozando sobre su manga un amago de caricia−. El secreto de la felicidad está en no insistir.

Y entonces, como respuesta, una mano huesuda vino a cubrir la mía. No daba calor. Ni tampoco su voz, que acudió a la cita rezagada, algo espectral.

–Eso decías al volver del viaje de novios –dijo lentamente–. Y luego mira, pasó lo que pasó.

Sentí que necesitaba ponerme a la defensiva, aquello sí que era una jugada tramposa: y reaccioné visceralmente. Con mi padre que no se metiera aquel señor, eso de ninguna manera. Sabía que nunca se habían llevado bien.

–¡No tengo nada que mirar! –dije exaltada, mientras huía del tacto frío de aquella mano–. A Ismael déjalo en paz. ¿A qué te refieres? ¿Qué pasó?

–Pues nada, no te sulfures, que insististe..., porque te había sorbido el seso, ¡con tanto como te reías del amor!

–Pero insistí ¿en qué?, vamos, di lo que sea... ¿En qué?

–En que te entendiera... Y no te entendía.., nunca te entendió..., no se le pueden pedir peras al olmo.

Al otro lado de la ventana ya brillaban algunas estrellas. Las contemplé con ojos absortos. Me costaba trabajo imaginar a Águeda Luengo rendida de amor, suplicando con violentas sacudidas frutos de aquel olmo, pero resultaba, por otra parte, una fantasía redentora, de las que ayudan a respirar mejor. Cuando pude volver a decir algo, mi voz se había dulcificado.

–Ni yo a él, padrito –dije despacio, paladeando lo que decía–. Yo tampoco lo entendí nunca a él. Es muy difícil entender a los demás. Sobre todo cuando te enamoras.

Me miró entornando los ojos. Estuve a punto de ofrecerle las gafas gordas que reposaban sobre un tomo del Espasa, pero no lo hice, temerosa de que viera mis propios contornos, un rostro descompuesto tras estrellar cierto jarrón contra el suelo, impropio de ti, *honey*, ¿por qué se me mezclaban las cosas de esa manera? Me asustaba su silencio. Estábamos pisando terreno pantanoso.

–Y entonces, ¿quién te manda volverte a enamorar otra vez?, vamos a ver –saltó él inopinadamente.

220

Se estaba refiriendo a lo que le dije en la carta. Se disipaba Roque. Pero ahora me tendría que inventar alguna historia. Me encogí de hombros. Salía de un laberinto para meterme en otro.

–En eso no se manda –contesté evasiva–. Son cosas que llegan y ya está.

Sobre mi cabeza inclinada, apoyada ahora en el antebrazo de aquella butaca gastada y anónima, noté de improviso la mano del abuelo que palpaba despacio mi pelo recogido. Había sido una maniobra furtiva. Contuve la respiración.

–Vienes peinada raro –dijo–. ¿Le gusta este peinado a tu novio de ahora?

–No sé –contesté con un hilo de voz–, hace una semana que no nos vemos. Tiene trabajo fuera.

–¿Fuera? ¿A qué se dedica?

–Es arquitecto.

Era un alivio enorme poder hablar de Tomás con el abuelo, estaba harta de laberintos.

–¿Arquitecto? Bueno, eso te gusta a ti.

–Sí, y me gusta él también, ¿sabes?, su manera de ser, con los años voy apreciando mucho eso, en catalán se dice «tarannà», el carácter, encontrar un carácter que se acople con el mío, lo del cuerpo también importa, claro, pero no es lo único que hay que mirar, yo antes me fiaba más del cuerpo que del carácter. Ya sabes que soy difícil de querer, a los empalagosos no los aguanto, pero a los indiferentes tampoco; y Tomás..., se llama Tomás... Bueno, no sé, creo que he encontrado al hombre de mi vida. Y además me anima en mi trabajo...

El abuelo guardaba silencio. Seguía acariciándome la cabeza, ahora más de verdad, con más sabiduría. Pero salió por donde no me esperaba.

–Tendrás que decírselo a ella –dijo tras una pausa–. Dices que es despegada, que no le dan tus cosas ni frío ni calor, pero puedes equivocarte, seguramente te necesita más de lo que pensamos, que no se cruce nada entre ella y tú..., eso es lo único que te digo, lo primero es lo primero. Y si no, no haberla parido.

—¿No haberla parido? ¿Estás loco? —me brotó del alma—. ¡Para mí es lo primero! Entre ella y yo no se cruza nada, ¡nada ni nadie, para que te enteres!, mi hija es lo que más quiero en este mundo...

Tenía la voz casi velada por las lágrimas.

—Pues díselo —me interrumpió él—, dile también eso, ella es la que se tiene que enterar, no yo, díselo así, como a mí me lo dices...

—¡¡Ya se lo estoy diciendo!! —exclamé en un tono enloquecido que escapaba totalmente a mi control.

Enseguida traté de apaciguarme. Cerré los ojos y me escocían surcados por culebrillas de fuego. Lo que más deseaba era gritar «¡abuelo!», sabía que con pronunciar esa palabra se rompería el maleficio, pero no me salía, la decía por dentro, y estallaba en añicos incandescentes, abuelo, abuelo, abuelo.

Ahora él había dejado de acariciarme, tenía un poder maligno sobre mí, ¿qué prueba me estaría preparando? Otra vez el cine, el recuerdo súbito de películas como *Luz de gas...* Y me resultó casi irresistible escuchar mi nombre pronunciado, al fin, por sus labios.

—Águeda.

Respiré hondo.

—Dime.

—¿Te acuerdas de aquel billete de tren? ¿Lo guardas todavía?

Parecía una pregunta importante. De examen de reválida. Y fui incapaz de decir: «Mira, abuelo, me doy por vencida, no he estudiado esa lección, tú ganas.» Me incorporé, por el contrario, y tragué saliva.

—Ya sabes que me gusta poco guardar papeles viejos

–dije–, pero claro que me acuerdo, hombre, por casa andará.

Me había atrevido a mirarle y vi que sonreía. Es difícil engañar a un lobo de la misma camada. Tampoco él me engañaba a mí haciéndose el loco. Y cuando empezó a resumirme brevemente la lección en que me había visto pez, supe que no estaba hablando con Águeda Luengo, ahora sí que no, aunque fingiera hacerlo.

–Descarriló aquel tren y estuvo a punto de irse por un barranco, nosotros ni un rasguño, aunque hubo heridos graves, nuestro vagón al borde del abismo, pero si llega a caerse del todo, entonces adiós, no estaríamos aquí ninguno, tu madre, fíjate, de siete meses, lo primero que hizo fue sujetarse la tripa con las dos manos, sujetarte a ti, claro, y calmarme a mí seguidamente, no mires para el barranco, Basilio, es peor mirar, allí colgados del vacío los tres; ese día nacimos todos, una sacudida más y se acabó, ni rastro, ¿te das cuenta?, ninguno estaríamos aquí, ni yo, ni tú, ni tu hija, ni los hijos que ella pueda tener...

Me puse en pie decidida, ya no aguantaba más. Encendí bruscamente la luz, le tendí al abuelo las gafas y me planté delante de él.

–¿Ni mi hija? ¡Vamos a hablar claro! ¿Qué hija, si se puede saber? Mírame. ¿Qué hija?

Las gafas no las quería coger, se debatía como un insecto atrapado. Empecé a sentir remordimientos. Se tapó los ojos con el brazo izquierdo mientras con el derecho me rechazaba como a una visión diabólica.

–¡La tuya he dicho! Tu hija. Y se acabó. No me metas los dedos en la boca, condenada... Apaga la luz, no puedo, apaga, apaga, apaga...

Apagué la luz inmediatamente, pero no se calmó. El cuerpo le temblaba, se aferraba a los brazos del sillón y empezó a borbotear sonidos confusos detrás de aquel

223

«apaga», a respirar con dificultad, entre ronquidos, hasta que me di cuenta de que quería seguir hablando y no podía. Otro ataque. Ahora de verdad. Y se lo había provocado yo.

Me dirigí apresuradamente hacia la mesilla, busqué el timbre a tientas y lo pulsé varias veces. Luego salí al pasillo, aunque me pareció notar que él hacía gestos para impedírmelo. No cerré la puerta. Me quedé allí en el umbral, vigilando lo de dentro y lo de fuera. Ramiro Núñez no se hizo esperar, apareció enseguida al fondo del pasillo, acompañado de una enfermera. Venían muy aprisa pero acompasadamente. Parecían robots. Traían varios aparatos.

–¿Qué ha pasado?

–No sé, creo que se ha puesto peor. Yo he tenido la culpa. Necesito aire.

–Tranquilícese. Baje al jardín.

Entraron, dieron la luz y vi que lo tomaban delicadamente en volandas para acostarlo. Se movía. Oponía resistencia.

Entró a recoger mi bolso, y cuando me disponía a salir, me di cuenta de que en la mesa, junto al Espasa, estaba la carta que yo escribí al abuelo la noche del poblado indio. Alrededor de ella había tres o cuatro bolitas de papel arrugado, borradores que se descartan. Cogí uno de ellos disimuladamente. Al abuelo lo estaban desnudando. Lo vi de refilón. Parecía un faquir.

–Doctor, espero abajo. No tarde, por favor.

No tardó mucho en reunirse conmigo en el jardín. Me encontró fumando. Me había dado tiempo a descifrar y aprenderme de memoria aquel mensaje del abuelo, escrito con letra temblorosa y luego desechado: «Yo creo que también me voy a ir a ese país donde funcionan mal los correos», decía. «No sé si podré escribirte.»

Ramiro Núñez no se pudo entretener mucho conmigo. Me dijo que don Basilio estaba reaccionando y que podía salir de aquel ataque igual que había salido del otro, que me volviera a casa, él me tendría al corriente. Me preguntó también que si había conseguido hablar con él de algo coherente.

–Sería largo de contar –le dije–. Y ni siquiera sé si conseguiría usted entenderlo. En el fondo se trata de laberintos familiares. Sólo le diré una cosa; puede que se estrelle esta misma noche o dentro de un año. Pero ese barco, doctor, tiene timonel.

Cuando llegué a casa, había vuelto Tomás. Y además me estaba esperando, porque en cuanto oyó el ruido de la llave, me abrió la puerta. Me pareció lo más natural, lo más merecido, y me abracé a él inmediatamente, incapaz de decir otra cosa que su nombre. Pero eso era mucho, porque restablecía una evidencia confirmada por el tacto, el olor y la respuesta a mis abrazos. Tampoco él pronunció palabra hasta que nos separamos a mirarnos. Y vi que estaba serio.

–Tu abuelo ha muerto –dijo entonces–. Acaba de llamar el médico que lo atiende. Vienes de allí, ¿no?

Entramos, y me dejé caer en el sofá del cuarto de estar, me quité los zapatos de tacón y todas las horquillas que servían de andamio a aquel peinado que no era el mío. Luego sacudí la cabeza hacia atrás y el pelo me cayó por la espalda. Me dolía la nuca. Empecé a frotármela con los dedos. Tomás de pie ante mí me contemplaba sorprendido, pero había también un fulgor de voluptuosidad en sus ojos.

–Nunca te había visto más guapa que hoy, nunca en la vida. Pero, por favor, no llores –añadió arrodillándose a mis pies–. Al abuelo lo tratabas poco, ¿no?, además ya

225

estoy yo aquí. Mañana te acompaño al entierro, te ayudo a resolver el papeleo, no llores, por favor.

Se sentó a mi lado en el sofá, yo cambié de postura y empezamos a besarnos.

—Menos mal que has venido, qué ganas tenía de verte, qué ganas, estoy harta de muerte, harta de heredar historias ajenas, harta de mentiras, sólo quiero verte a ti, ser yo para tus ojos, para tu vida... me estorba todo el mundo, no aguanto sombras entre tú y yo...

Aquella misma noche me quedé embarazada.

EPÍLOGO

Hoy me he despertado muy temprano, he visto que Tomás y la niña seguían durmiendo y he bajado sin hacer ruido a hacerme un café. Ahora vivimos en el dúplex, pero tan reformado que mamá, si levantara la cabeza, no lo reconocería. Lo pienso mientras contemplo los detalles de esta amplia y luminosa cocina-comedor diseñada por Tomás y espero a que suene el borboteo de agua en la cafetera. A pesar de lo grande que me parecía esta parte de abajo cuando era un solo espacio, nunca pensé que se pudieran sacar de ella, además de la cocina, un *living* grande, un despacho, un cuarto de huéspedes con baño, varios trasteros y una despensa. Los dormitorios y el cuarto de jugar de Cecilia están arriba. Mi hija se llama Cecilia. Tiene año y medio.

Faltan tres días para Nochebuena, es domingo y he tenido que dar la luz, porque aún no ha amanecido. Hay una niebla espesa que oculta los edificios de enfrente.

Cierro el gas, porque el café ya está. Me lo sirvo y me lo traigo en una bandeja a un rincón con escritorio que se ha puesto en un recodo de la cocina. Fue idea de Tomás. Quiere que si me visita la inspiración cuando estoy guisando o dando de comer a Cecilia, tenga a mano un lugar donde apoyar mis libros y cuadernos sin que se pringuen de yogur.

Hace una semana que he vuelto a ponerme con la historia de Vidal y Villalba y me gusta repasarla por las mañanas. Es como hacer memoria. El 14 de octubre de 1788, aún en la cárcel de Madrid, declaró ante don Blas de Hinojosa que no se hallaba con fortaleza de cabeza suficiente para poder continuar su confesión «con la formalidad que se le tomaba». Busco, mientras saboreo con placer este primer café mañanero, el informe de don Blas al Gobierno, desconfiando de la presunta desmemoria del reo, quien se acusa a sí mismo de falta de cordura,

«...pero sus mismas respuestas disparatadas para la causa», escribe Hinojosa a Floridablanca, «tienen tal conexión entre sí que manifiestan que son meditadas y pensadas para persuadir la locura y que el reo tiene su cabal juicio. Para reducir a este hombre a que se dejase de fingimientos para poder acabar su causa, mandé en vista de su tenacidad que le pusieran dos pares de grillos atravesados y unas esposas, que son los apremios ordinarios en estos casos. Pero como su fin declarado sea quitarse la vida no ha querido menearse del sitio donde estaba sentado ni para hacer sus necesidades corporales...».

Interrumpo la lectura porque he oído abrirse la puerta de arriba, me levanto y me asomo al arranque de la escalera.

Cecilia baja despacito, agarrándose a los barrotes de la barandilla. Trae puesto el pijama de rombos azules, el que más le gusta. Se para y nos miramos.

—¿Dónde? —pregunta con mucha curiosidad.

Busco con los ojos al gato, que está dormitando sobre

un almohadón viejo. Supongo que se refiere a él, porque son muy amigos.

–Mira, ahí –le digo, señalándolo.

Gerundio abre un ojo perezosamente y lo vuelve a cerrar. Tampoco Cecilia muestra demasiado entusiasmo ante su presencia, se limita a decir «gato» con tono distraído y sigue bajando peldaños hasta llegar a mi lado. Alza las manos a lo alto como explorando un fenómeno para mí invisible.

–¿Dónde? –repite.

La levanto en brazos y nos acercamos al ventanal con las caras juntas.

–Lejos –le digo–, no se ve porque hay niebla. Más allá.

Hace un gesto circular y parsimonioso con la mano como si quisiera investigarlo todo, abarcarlo todo.

Madrid – New York – El Boalo
Diciembre de 1994 – abril de 1996

ÍNDICE